跡とり娘

小間もの丸藤看板姉妹

宮本紀子

時代小説文庫

角川春樹事務所

目次

跡とり娘

小間もの丸藤看板姉妹

第一章　小間物商丸藤

里久《りく》はぱちりと目が覚めた。

朝だ、と思ったが部屋の中はまだ暗い。ここはどこだ、と一瞬戸惑う。砂をあらう波の音も、松林を渡ってくる潮の香りもしない。かわりに木の香が強く立ち込めている。これは……真新しい桐《きり》の簞笥《たんす》の香りだとわかり、やっと、ああ、ここは江戸。日本橋伊勢町《にほんばしいせちょう》の実家なんだと思い出した。

ここに帰ってきてもうふた月近くになる。なのにまだ里久は慣れない。

遠くで小さく音がした。里久は桐の香を押しのけるように、がばりと起きた。畳を這《は》って障子を開け、首をそっと暗い廊下に伸ばせば、三月も半ばに入ったというのに、ひんやりと冷たい空気が顔を包んだ。

閉め切った雨戸の向こうから賑《にぎ》やかな鳥の囀《さえず》りが聞こえる。長い廊下の先からは、米が炊ける甘い匂いも流れてくる。

やっぱりもう朝だ。

里久は急いで顔を引っ込め、寝巻きの細帯を解いた。乱れ箱から着慣れた細縞《ほそじま》の木綿の着物と前垂れを摑《つか》み、身仕度を整えると部屋を飛び出た。

台所は火を使っているせいで、ほんのり暖かい。よく磨き込まれた広い板間があり、その向こうにこれまた広い土間がある。そこで今年四十になったと言っていた民《たみ》が、太り肉《じし》の体をくるくる動かし働いていた。民はこの家の奥向きを一手に引き受けている女中だ。

飯を炊いている釜の重い木蓋《きぶた》の間から、粘り気のある白い湯が勢いよく吹きこぼれた。勝手口脇の流しで漬物を刻んでいた民が、慌てて竈《かまど》に飛んできて火を小さくした。

「お民、おはよう」

里久は元気に挨拶した。すると、屈《かが》んでいる民の、左右に動く大きな尻がぴたりととまった。くるりとこっちを向いたかと思ったら、民は竈の火でほてった顔をみるみる困り顔にして、言った。

「里久お嬢さん、毎朝申し上げているじゃありませんか。お目覚めになるのが早すぎますって。どうぞお部屋にお戻りになって休んでくださいまし。今朝は起こさぬようにできるだけ物音を立てずにいましたのに」

と、恨めしそうな目で見た。だから里久も負けじと言った。

「お民、わたしも毎朝言ってるだろ。浜にいるときはいつもこれぐらいに起きてたんだって。もう癖になっているんだよ。だから寝てろって言われても無理なんだ。それにこれも言ったろ。朝餉《あさげ》の仕度はわたしの役目だったって。だから後生《ごしょう》だ、手伝わせておくれよ」

飯を炊いている釜の横では、鍋に湯が沸いていた。流しには長葱《ながねぎ》がある。里久からは見えないが、小桶《こおけ》の中はきっと豆腐だろう。

「あとは味噌汁《みそしる》だね。よし、美味《うま》いのを拵《こしら》えるよ。おっとその前に顔を洗ってこなくっちゃ。待っておくれ、すぐだから、すぐ」

民がなにか言いかけるのも構わず、里久は急いで勝手口から井戸端へ走った。空を見上げれば、射しはじめた朝陽《あさひ》が、天に残った最後の星を消そうとしていた。

台所の板間に箱膳が並び、それぞれの席に番頭、手代頭《がしら》、手代、それに小僧の長吉《ちょうきち》が座って朝餉をとっていた。膳の上には里久が拵えた味噌汁と、あとは厚揚げの煮物、沢庵《たくあん》が二切れのっている。

「長吉、寝小便しなかったかい」

里久が前垂れを外しながら長吉をからかうと、熱い汁を啜《すす》っていた手代頭がぶっと噴いた。

「やめてくださいよお嬢さん。わたしをいくつだと思っているんです。もう十三ですよ」

長吉はぷっと頰を膨らませる。

「ごめんごめん。冗談だよ」

「里久お嬢さんがおっしゃると冗談に聞こえないんですよ」

これには、いつもは黙って食べろと怒る番頭も肩を揺すって笑った。つられて手代も我慢しきれず笑うものだから、ぷりぷり怒っていた長吉もへへっと頭を掻《か》いた。

「ほんにお嬢さんがお戻りになられてから笑いが絶えませんな」

朝から元気が出ると言う古参の番頭に、奉公人たちもこくりこくりとうなずく。

だが番頭は「ですが」と里久に小声でささやいた。

「ここにいらしてもよろしいので？」

言われたそばから廊下を走る足音が聞こえ、民が台所へ入って来て訴えた。

「里久お嬢さん、旦那様方がお待ちでございますよ。早くいらしてくださいまし」

「ほら言わんこっちゃない」

番頭が腰を浮かし、手代頭が里久の手から慌てて前垂れを受け取った。長吉は飯を喉に詰まらせ、手代に背を叩《たた》かれている。

「じゃあ、怒られに行ってくるかな」

里久はちろっと舌を出し、奉公人の憐《あわ》れむような目に見送られながら台所をあとにした。

「何度言ったらわかるのだえ」

内所《ないしょ》に須万《すま》の叱責《しっせき》が飛んだ。

脚つき膳が並び、上座の父の藤兵衛《とうべえ》をはさむように、母の須万と妹の桃《もも》が向かい合って座り、里久を待っていた。藤兵衛に「お座り」とうながされ、里久はそっと桃の隣の上座に座った。

藤兵衛は鼠地《ねずみじ》に魚子霰《ななこあられ》の着物と、どこから見ても裕福な商家のあるじだ。須万はと見れば、銀鼠《ぎんねず》の地に波の裾模様の友禅。亀甲花文《きっこうはなもん》の帯を細い体にきりりと締めている。色白で鼻筋の通った顔に、青眉がなんとも美しい。妹の桃は薄紅の地に菱《ひし》づくしの振袖姿。色白で、豊かな黒髪を島田に結った桃によく似合っている。さすが伊勢町小町と言われるだけのことはある。つんと澄ました横顔は実の姉の里久も見惚《みと》れるほどだ。いや、色の浅黒い里久と姉妹と思う者はまずいまい。

「聞いているのかえ」

須万のきつい声に里久ははっとした。

ぼうっと見惚れている間も、須万の小言はつづいていたようだ。

「ここにはここの暮らし方があるのだよ。浜の暮らしを持ち込まないでおくれ」

と須万は言った。

「いいかえ、奥向きの仕事はお民の仕事。なのにお前はその仕事を取り上げているんだよ。それがわからないのかえ。お民もお民だ。あれほどさせるなと言っておいたじゃないかい」

　須万は傍らで給仕をしている民を責めた。

　民は「申し訳ありません」と頭を下げ、大きな体を縮こめる。

「違うんだよ、おれが無理を言って頼んだんだよ」

「ほらまた。おれ、じゃありません。まったく……。その物言いもまだ直らないのかえ」

「ごめんなさい。これでも気をつけてはいるんだよ。けど、つい出ちまうんだ」

「出ちまうじゃありません。出てしまう」

「ごめん……でもおっ母《か》さま、浜じゃいつもこうだったんだ。荒くれ漁師やその女房たちに、おしとやかになんて言ってられないよ」

「だからここは浜じゃありませんたら――」

「もうそこらへんにしときなさい」

　見かねた藤兵衛が間に入ってやんわりとめた。

　だが一旦《いったん》やんだ須万の小言は、食べはじめるとまたはじまった。

　味噌汁を飲むときは箸を持った手は膝に置け。沢庵は音を立てずに噛《か》め。主家《しゅか》の膳にしかのっていない焼魚の身をほじれば皿に手を添えろ、指を舐《ねぶ》るな、背筋を伸ばせ――。

　今朝はいつにも増してやかましかった。そのたびに里久の箸はとまり、飯はなかなか口へたどり着かない。やっと口に運んでも食べた気がしないし、味もしない。

ああ、どうすりゃいいのさ――。横目でちらと桃を見れば、桃はいつものようにおちょぼ口ですいっすいっと食べている。

「ほら、ついているよ」

須万が里久の口許《くちもと》に飯粒がついていると言う。

「え、どこ？」

「右。そっちは左だろ」

里久は焦りながらも飯粒を摘《つま》んで口に含んだ。それを見て、取ってやろうと身を乗り出していた須万は、小さく息を吐いて座り直した。

「まったく、義理の妹を悪く言うのもなんですけど、もう少し厳しく躾《しつ》けてくれてもよかったんじゃありませんかえ。甘いばっかりじゃ、困るのは里久やわたしらなんですからね」

「おっ母さま」

素直に小言を聞いていた里久も、これには口を返した。

「みんなわたしがいけないんだ。だからおっ母さんのことを悪く言わないでおくれよ」

品川《しながわ》の母のことを言われると、里久はどうしてもむきになる。

それがまた面白くないようで、須万の青眉は吊《つ》りあがった。

「ああそうかい。けどね、実の母のこともちっとは考えてくれてもよかないかえ。長年離れていた娘がやっと帰って来たと思ったらこの有様。振袖を拵えてやっても、毎日その粗末な形《なり》で女中のように働いている。お前はいいよ、好きでやっているんだから。けど世間はそうは思わない。実の母が虐《いじ》めている、そう陰口を叩いているだろうさ。なにかえ、お前はわたしに恥を掻かせたいのかえ」

須万は口惜《くや》しそうに唇をぎゅっと噛む。

「やめないか」

藤兵衛の厳しい声が内所に響いた。

桃が小さくむせる。

里久はうつむき、膝の上に拳《こぶし》を握った。膳の上の焼魚の鰺《あじ》が、喰《く》わねえのかよ、と口を大きく開けて睨《にら》んでいた。

「美味いよ、お民」

台所の板間から土間に足を投げ出し、ぶらぶらさせながら、里久は民がつくってくれた握り飯を頬張った。海苔《のり》が豪勢に巻いてある。元気を出せと言ってくれているのがわかり、握り飯はいっそう美味《おい》しく感じられた。

「ごめんよ、お民。わたしのせいでまたおっ母さまに怒られたね……」

「もう慣れてしまいましたよ」

民は言って、大きく笑った。

ふくふくとした民が笑うと、頰の肉が盛り上がり、まるで玉のようだ。

「それより、まだ旦那様方とは馴染《なじ》めませんか」

民は脚つき膳をからぶきしながら、今度は心配そうに訊《き》いてきた。

里久は食べかけの握り飯を見つめた。

父の藤兵衛はいいのだが、妹の桃や、とくに母の須万とはどう接していいのか、里久には正直わからなかった。この家でほっとできるのは、民や奉公人たちと、この板間で賑やかにしているときだ。

「きっとご新造《しんぞう》さまも同じでございましょう。里久お嬢さんにどのように接してよいのか、お迷いなのですよ」

「わかってるよ。わたしが至らないのもわかってる。けど、おっ母さんを悪く言われるのだけは辛抱ならないんだよ」

里久をずっと育ててくれた大切な叔母《おば》。品川のおっ母さんだ。

今の姿からは信じがたいが、幼いころ里久は体が弱かった。

叔母から里久が聞いた話では、子どものころの里久は、痩せて蒼白《あおじろ》く、目ばかり大きな子だったそうだ。いつも苦しげに咳《せき》をし、すぐに高い熱を出した。医者は、このまま日本橋で暮らしていては大きくなるまでもつまいと言い、もっと静かなところで養生するよう、両親に勧めた。両親は悩んだ末、品川の漁師の網元に嫁いでいた、藤兵衛の妹である叔母に、病弱な娘を預けることにした。里久が五歳のときだ。

子が息子ひとりだけだった叔母は、娘ができたようだと喜び、里久をたいそう可愛《かわい》がってくれた。里久もこの叔母によく懐いた。

浜での暮らしも里久に合ったようで、里久の体は徐々に強くなった。十になるころには、時々訪ねてくる藤兵衛でさえ、日に焼けて真っ黒になって走り回る里久と、浜の子どもとを見分けることができないほどだった。里久はすっかり丈夫になり、そうなると、両親の間でそろそろ家に戻そうかという話が出るのは自然なことだった。

だが叔母は、もう娘同然となった里久を手放すことを悲しみ、そして拒んだ。

「どうかこの子を連れて行かないどくれ、お前にはもうひとり娘がいるじゃないか。この子をあたしから取り上げないどくれ」

迎えに来た藤兵衛や須万は、実の娘を引き取るのは当然と思っても、叔母に「このとおりだよ」と畳に額をこすりつけられると、娘を丈夫にしてもらった恩もあり、強引に里久を連れて帰ることはできなかった。

そしてまた数年が過ぎ、いくらなんでもそろそろ江戸に、という話が持ち上がった矢先、今度はその叔母が病に倒れた。

「里久や、お前は江戸の兄さんのところへお戻り。あたしの我侭《わがまま》で須万さんにも悪いことをしたよ」

病床《びょうしょう》の叔母はそう言ったが、このときは里久が首を横にふった。病に苦しむ叔母を置いて帰るなど、里久にはできなかった。

「そんなこと言わずにおっ母さんの看病をおれにさせておくれよ」

叔母は里久と見舞いに来ていた藤兵衛の手をとって、「すまない、すまない」と謝った。

結局、預けられてから十二年の間、生家には一度も戻らずじまい。

長く看病していた叔母が亡くなり、静かな正月を過ごし、七草が過ぎて品川に藤兵衛が迎えにやってきたとき、里久は十七になっていた。

「この着物だって、おっ母さんが縫ってくれたんだよ」

里久は木綿の細縞の着物を撫《な》でた。おっ母さんが病床で一針一針縫ってくれた着物。だが、須万に粗末と言われた着物だ。

「そうですか」と、民は切なさそうにうなずいた。

そのとき、「姉さん、姉さんどこなの」と声がした。桃だった。

娘らしい華やかな声は、少し苛《いら》立《だ》ちを含んでいる。

「姉さんどこなの、おっ母さまが着替えなさいって」

桃の声がだんだん近づいてくる。

「おっと、そうだった」

今日はお茶の稽古がある日だった。

「お民、桃には散歩に出かけたとでも言っといておくれ」

里久はぴょんと土間に下り、急いで下駄《げた》をつっかけた。

「またずる休みですか、ご新造さまに怒られたって知りませんよ」

「お民と同じさ。もう慣れちゃったよ」

里久は、にっと笑って、勝手口から明るい外へ駆け出した。


里久が向かったのは橋だった。

もうひとつ、里久にほっとできる場所があるとしたらここだった。

「中之橋《なかのはし》」というのがこの橋の名だ。橋の名も、橋が架かるこの堀を伊勢町堀《いせちょうぼり》と呼ぶことも、父の藤兵衛が教えてくれた。里久が藤兵衛と江戸に戻ってきた日だった。

一月の半ばで、暦の上では春とはいえまだ寒かった。

江戸橋のたもとで船を下り、堀沿いの伊勢町河岸《がし》通りを、生家の小間物商「丸藤《まるふじ》」がある伊勢町に向かって歩いている途中、ふたりでこの橋の上に立ったのだ。

冷たい風に吹かれながら藤兵衛は言った。

「いいかい里久、お前は江戸の、この町で生まれたんだよ。ここ伊勢町でね」

藤兵衛は、伊勢町が日本橋と呼ばれる土地のほぼ真ん中にあることも教えてくれた。伊勢町堀があるからこそ、物の行き来の大きな役割を担う場所だということも、誇らしげに話してくれた。

日本橋川とつながるこの堀は、北へまっすぐ伸び、堀留《ほりどめ》一丁目で西に鉤形《かぎがた》に折れ、浮世小路《うきよこうじ》に突きあたる入り堀になっている。両岸には大きな蔵がびっしり建ち並んでいた。

「すごいなぁ」

丸い目をさらに丸くし、感嘆の声を洩《も》らす里久に、藤兵衛は「そうだろう」と満足げにうなずいた。

藤兵衛は橋の上から今来た伊勢町の方角を指さし、こっちは米河岸《こめがし》だと言った。

「ここいらは米問屋《といや》の大店《おおだな》が何軒も集まっていて、毎日米の相場が立つのだよ」

堀の対岸の、小舟町《こぶなちょう》側に建ち並ぶ蔵を、あっちは塩河岸だよと指さした。

「それだけじゃないよ、ここいらは畳表《たたみおもて》問屋や乾物《かんぶつ》問屋。米、油、綿などを扱う諸色《しょしき》問屋や、茶問屋に醬油《しょうゆ》酢問屋——一度に教えきれぬぐらい、さまざまな大店が集まっているんだよ。諸国から集まった品々が、ここから江戸の隅々にまで行き渡るんだ。ほら、それぞれの荷揚げ場から荷が積み下ろしされているだろ」

藤兵衛の言うとおり、人足たちが体から湯気を上げ、大きな荷を担いでいた。

欄干《らんかん》を摑み、「うわぁ」と驚く里久に、藤兵衛は朗らかに笑った。

家に向かう道中も、あるのは大店ばかりだった。広い間口に大きな看板、商人たちが忙《せわ》しく出入りしている。里久は人とぶつからぬように歩くのに往生し、荷を積んだ大八車が砂埃《すなぼこり》を巻き上げて、横すれすれを通り過ぎるのに肝を冷やした。

今まで暮らしていた浜とはあまりにも違い、里久はなんだか不安になった。そして、「ここだよ」と言われて生家の前に立ったとき、その不安はさらに深まった。

里久は父の藤兵衛から、「うちはこぢんまりしたお店だよ」と船の上で聞かされていた。確かに周りの大店に比べれば、こぢんまりといえなくもないのだろうが、なまこ壁のどっしりとした風格の店構え。軒につるされた額縁仕立ての立派な看板。入口の三枚続きの長《なが》暖簾《のれん》には、地紺に丸に藤の屋号が、どん、と白く大きく染め抜かれていて、里久が淡い記憶を頼りに思い描いていたような、そこいらにある町の小間物屋でないことは一目瞭然《いちもくりょうぜん》だった。

藤兵衛に手を引かれ、暖簾をくぐった里久はまた驚いた。

店座敷にいる客は、いかにも裕福そうな大店の内儀《ないぎ》やその娘たち。中にはお武家の奥方もいて、みな美しく、浜から戻った里久の目には、どこぞの御殿に紛れ込んだかと錯覚するほどだった。

里久は、客や店の奉公人たちに見つめられる中、藤兵衛のあとにつづいて内暖簾の奥の母屋《おもや》へと向かった。

艶《つや》びかりした長い廊下を進んでいくと、左手に広い台所が見えた。そのまま進み、右に折れたら中庭があり、蔵がひとつに、紅梅と立派な楓《かえで》の木も植わっていた。庭に沿った片廊下を今度は左に曲がると、すぐ角の奥座敷の障子がするりと開き、民が頭を下げた。中には母の須万と、二つ違いの妹の桃が座っていた。

なんと美しい母と妹。これからここで一緒に暮らすんだ——そう思うと、里久の胸にうれしさが込み上げた。

しかし一方の須万は、里久の姿を見て一瞬目を剝《む》いた。木綿の着物を裾短《すそみじか》に着て、風呂敷包みひとつを胸に抱えた娘が帰ってくるとは思いもしなかったらしい。そして微《かす》かに聞こえるほどの小さな声で、

「これじゃあ山出《やまだ》しじゃないかえ」

そうつぶやいた。

なるほどなぁ、と里久は思った。品川にいたときは感じなかったが、目の前の桃を見て、自分がいかに日に焼けて色が黒いか、そのときはじめて知った。

長吉など、「お嬢さんを最初に見たとき、新しい女中さんが来なすったのかと思いましたよ」といまだに言う。

これからはここを使うようにと通された部屋にすぐ女髪結いがやってきて、里久の娘にしては地味な頭を解《ほど》き、浜の陽や、潮風に晒《さら》されて少しぱさついた髪を、苦労しながら島田に結った。それが終わると今度は着ているものを脱がされ、振袖を着せられた。元結《もっとい》の

痛さや、帯の苦しさに里久が呻《うめ》いていたら、店の手代が顔を出し、頭の飾りをいくつか須万に渡した。須万はあれこれ思案し、桃がしているような細かい銀の飾りがついた、びらびら簪《かんざし》を里久の髪に挿《さ》した。

装いが改まったところで奉公人たちへ挨拶し、疲れ果ててその日は終わった。

次の日には仕立てておいた振袖だけではたりないと呉服屋が呼ばれ、須万は座敷に所狭しと並べた反物を、次から次へと里久の肩にあてていった。

「いやほんま、どれもお嬢さまにようお似合いだす」

呉服屋は上方訛《なま》りでぺらぺら喋《しゃべ》り、数日もすると仕立て上がった着物を持ってやってきた。須万は振袖でいっぱいになった里久の部屋の桐の箪笥を眺めながら、「これからはこれを着ておくれ」と満足そうに引き出しを閉めた。

その後しばらくは、里久も言われたように振袖を着て、言われたように桃と一緒にお茶やお花の稽古に通った。

だがすぐに、桃は里久と一緒に稽古に行くのを嫌がった。

「だって姉さんったら、自分のことをおれ、なんて言うんですもの。こんな人がわたしの姉さんだなんて……お友達だってきっと笑ってるわ」

桃は長い袂《たもと》で顔を覆《おお》い、「嫌よ、嫌」と頭をふった。

それでも須万は、

「これ桃、姉さんに向かってこんな人ってなんだえ」

と桃を叱り、里久には、

「お前もこれからは、わたしってお言い。いいかい、わかったね」

と言い聞かせ、稽古をつづけさせた。

しかし、里久にとっても稽古はつらいものだった。

稽古に何度通っても、お茶はものすごく不味《まず》く、花は「あっ……」すぐにへし折れた。正座した足は「くぅぅ」と悶絶《もんぜつ》するほどしびれ、

「もう勘弁しておくれよぅ」

里久は半月ほどでとうとう逃げ出してしまい、そしてそのまま今日に至っている。

振袖も、袂も裾も帯もやたらとだらだら長く、重く、歩くのにもひと苦労だ。結局、里久の披露目《ひろめ》にと開いてくれた雛《ひな》の節句の宴《うたげ》以来、袖を通していない。

「なんだかなぁ……」

里久は橋の上でつぶやいた。

ここで求められることが、里久にはなにひとつできなかった。

品川の浜の暮らしで染みついた言葉もなかなか直せない。せめて向こうでしていたように台所へ立ってみたが、それも母の須万を怒らせるだけだ。

品川の浜の家でなら、里久にもすることは山ほどあった。

おっ母さんの看病、家のあれこれ。手習い所から帰ると浜へ駆けてゆき、わかめを摘んだり、海に潜《もぐ》って貝も獲《と》った。水底から見上げる海の中は、射し込む陽の光でとってもきれいで――。

――また潜ってたんか。里久ちゃん、好きだねえ。そいで獲れたかね。

――おばさん見ておくれよ、ほらさざえがこんなに。

――里久、お前《め》ぇのつくる味噌汁はほんにうめえなあ。

――あははは、だろう、兄さん。

品川が、浜の家が恋しかった。

「はぁあ」

里久は大きく息を吐き、堀を眺めた。まだ朝早いというのに、広い堀にはもう艀舟《はしけぶね》が幾《いく》艘《そう》も行き交い、蔵のそれぞれの荷揚げ場からは、人足たちの勇ましい掛け声が聞こえていた。

こんなに賑やかなのに、里久はなんだかひとりきりのように感じる。

本当にここへ帰ってきてよかったのかなぁ……。

――里久はいい子。とってもいい子。ほら笑ってごらん。みんな好きになってくれるよ。

耳の奥におっ母さんの優しい声が蘇《よみがえ》ってきた。

「うん、そうだな」

里久は両の頬をぱぱんっと叩いて、にっと笑顔をつくった。

胸一杯に息を吸い、

「おーい、頑張ってるなあ、わたしも頑張るよぉ」

大声を張り上げ、荷揚げ人足たちに向かって手をふった。

人足たちは橋の上の里久を見上げぽかんとしている。

そんな里久の様子を、藤兵衛が橋のたもとからそっと眺めていた。


「美味し……」

味噌汁をひと口飲んだ桃が、思わず、というようにつぶやいた。

あんなに須万に怒られたのに、里久は翌朝も台所に立った。

今朝は浅利の味噌汁だ。

「だろぉ」

里久はにっと笑う。

「いくら美味しくったって女中じゃあるまいし」

また須万の小言がはじまりそうになったとき、藤兵衛が「なあ、須万」と呼んで、膳の上に箸を置いた。

「なんです、お前さま」

「その、なんだ、母親のお前がいろいろ思うのも無理はない。だがどうだろう、里久が台所に立ちたいというなら好きにさせてやれば。それにずっと考えていたんだが、里久を店に出したらどうだろうと思っているんだよ」

須万は絶句した。そして、すぐに「とんでもない」と甲高い声をあげた。

「女子《おなご》の務めは奥向きをしっかり守ることでございます。それを店に出るなぞ——この『丸藤』の格にかかわることでございます」

「そう大げさに考えなさんな」

「ですがお前さま」

「まあ聞きなさい。ゆくゆくは長女の里久が婿を取ってこの店を継いでいくんだ。少しは商いのことを知っておいてもいいだろう。何事も勉強だよ」

藤兵衛は里久を見た。

「なあ里久、お前、店に出る気はあるかい」

どうだい、と問われ、里久は慌てて箸を置いた。膳の上で箸が派手な音を立てて転がり、須万にぎろりと睨まれたが、もうそれどころではない。

「出る、店に出るよ。やらせておくれ、お父《と》っつぁま」

やっとここですることが見つかったと、里久は意気込んだ。

お店でばりばり働けば、ここの暮らしに馴染むことができるかもしれない。母や妹にも馴染むことができるかもしれない。ううん、きっとできる！　そう思った。

だが、桃が色白の顔を紅潮させて、強く反対した。

「わたしは嫌よ、姉さんがお店に出るなんて」

「桃、そりゃあ浜の言葉はまだまだとれないよ。けどっ」

「姉さん、わたしが嫌なのは言葉だけじゃないのよ、その形《なり》で出ようっていうの？　化粧もせずに？」

「そうだねぇ」と須万も青眉を寄せた。

「桃の言うとおりだよ。店に出るならそれなりの格好というものがある。まあ、振袖が妥当だろうね。化粧だって、そりゃあ、肌のきれいなのを自慢にして、素顔のままの娘も多いですよ。けど小間物商の、それも店に立つ娘が化粧をしないというのはねぇ」

振袖、化粧――里久はぐっと詰まった。

振袖のあの窮屈《きゆうくつ》さを思い出しただけで、口はへの字に歪《ゆが》む。そのうえ化粧など。

そっか、お父っつぁまの商いは小間物商だった。里久は改めて思った。

化粧の品も身を飾る品も、里久には今まで縁も興味もないものばかりだ。

「里久、どうする」

藤兵衛がしゅんとしている里久を見つめた。

藤兵衛の目は「お前もなにか折れないとな」と言っていた。

もっともなことだと里久は思った。自分だけ嫌なものから逃げて、桃や須万にだけ我慢してくれというのは虫がよすぎる。

「わかった。わたし、振袖を着るよ。そしたら店に出してもらえる?」

おずおずと訊く里久に、藤兵衛は「ああ、もちろんだよ」とやさしくほほ笑んだ。

「お前さま、そんな簡単に」

「そうよ、化粧はどうするの」

なおも反対する須万と桃を、藤兵衛は「まあ、ふたりとも」と手で制した。

「わたしだって、なにもすぐに里久を店に立たせようとは思ってやいないさ。まずは番頭さんに挨拶から仕込んでもらう。もちろん、店の品物のこともだ。そこで化粧のことも他の品のことも、いろいろ覚えていけばいいと思っているんだよ。里久にとってははじめてだらけさ。誰にだってはじめてはあるだろ? 須万や桃にだって。少しずつ、ぼちぼちだ」

「本気なんですね。……わかりましたよ、お前さま。あるじのお前さまが決めたお店のことを、もうとやかく言いはしませんよ」

最初に須万が折れ、

「桃、お前もいいかい」

父に言われて桃も渋々ながら承知した。

須万は里久に念を押す。

「いいかえ里久、まずは番頭さんによくよく教えてもらうんだよ。お行儀よく。お客様におれ、なんてごめんですからね。重々気をつけておくれ」

なのに言っているそばから里久は、

「ありがとう、おっ母さま。ありがとうな、桃。わたし頑張る、頑張るよ」

うれしさのあまり立ち上がって飛び跳ねた。

「里久っ、もう、本当に大丈夫なのかえ」

須万はこめかみを押さえ、桃も承知したことを早くも後悔したように肩を落とした。


その日の夜からさっそく番頭の特訓がはじまった。

大戸を降ろし、蠟燭《ろうそく》だけ灯《とも》した薄暗い店座敷に、振袖を着た里久は番頭と向かい合って座った。

「いいですか里久お嬢さん、商いは一にも二にもまず、挨拶からでございます。ではやってみましょう。両手を膝の少し前について。指先をほんの少し重ねるようにでございます」

番頭は里久に手本を見せる。

「こうか」

里久は見よう見まねで番頭を真似《まね》た。が、所作《しょさ》よりも言葉遣いを直される。

「『このようにでございますか』でございます。わたしをお客様だと思ってくださいまし。そのままお辞儀をして、『ようおいでくださいました』」

「ようおいでくださいました」

「そうですそうです。では今度はお客様がお帰りになるときのご挨拶です」

「ば、番頭さん、ちょっと待っておくれ」

里久は四つん這いになった。久しぶりに着た振袖は、やはり動きにくく、広帯は腹に食い込んで苦しい。それに、

「あ、足が……」

しびれてしまった。

それでも三日もすると、足のしびれや言葉遣いはともかくとして、里久の挨拶もどうにかこうにか様になってきて、番頭の教えも徐々に店の品物のことへと移っていった。

「店の壁一面に簞笥がございましょう。ここにすべての品物が納められております」

番頭はひとつひとつ簞笥の引き出しを開け、里久に見せた。紅や白粉《おしろい》の化粧の品から、袱紗《ふくさ》、財布、袋物などさまざまだ。とくに値の張る珊瑚《さんご》や鼈甲《べっこう》の簪、櫛笄《くしこうがい》は、桐箱に入って帳場格子のうしろにある簞笥の一番上に納められている。

「『丸藤』はそこいらの町の小間物屋のように、店に品物を所狭しと並べたりはいたしま

せん。お客様のお求めに応じてここから品物をご用意し、漆塗りの底の浅い葛籠《かご》にのせて、お客様へお持ちします」

番頭は「丸藤」がいかに老舗《しにせ》か、鼻の穴を膨らませて自慢げに話した。その気持ちは里久にもよくわかる。簞笥の中の品物はどれもこれも見るからに上物で、触るのが怖いほどだ。里久にとって「丸藤」ぜんぶが宝箱のようにさえ思えてくる。

「明日からお店に出てみるかい」

そう藤兵衛に告げられたのは、里久が番頭についてから五日目のことだった。

「まだまだ早すぎます」と須万は反対したが、

「お店に出て覚えることも多うございますから」

と、あるじの考えに番頭が賛同し、決まった。

「おっ母さま、大丈夫だよ。店の品物もどこにあるか、もうぜんぶ覚えたしね」

里久は、「大丈夫。任せておくれ」と反《そ》らした胸をぽんと叩いた。


そんな里久も、はじめて店に出る朝はさすがに緊張した。いつものように台所に立ってもなにも手につかず、そっと店内を覗《のぞ》いた。

まだ外も暗い朝の七つ半（午前五時ごろ）から大戸は開けられ、縞の着物に紺の前掛けの長吉が店先を掃いている。外が終われば今度は内で、はたきをかけ、店座敷をふく。座敷の隅に据えられた振る舞い茶用の釜に湯を沸かす。手代頭は帳面を手繰《たぐ》り、今日行く商い先を確認し、持っていく品物を手代に言いつけている。朝のこのひと仕事を終えたのち、奉公人たちは朝飯で、明け六つ（午前六時ごろ）には店を開ける。

「お嬢さん」

と呼ばれ振り返ると、番頭が立っていた。

「いよいよですね」

店に立つ緊張と興奮とうれしさで、里久の胸は高鳴っていた。

客たちにどんどん品物を売る自分の姿を思い描き、自然と頬がゆるむ。

「わたし頑張るよ」

だが、意気揚々と店に出た里久の張りきりは、その日のうちにしぼんだ。

「紅が欲しいのだけど、寒紅《かんべに》はまだあるかえ」

と言われても、里久にはさっぱりだった。

紅の置いてある場所ならわかるのだが、「寒紅ってなんだい？」なのだ。

他の客からも品物のことをあれこれ訊《たず》ねられるが、首をひねるばかり。そのたびに手代が来て客にそつなく答えた。あとで寒紅とは、寒中の水でつくった紅のことで、腐りにくいということも教えてもらった。

結局里久は、日がな一日、店座敷にぼうっと突っ立っていただけだった。

その夜、里久は自分のあまりの不甲斐《ふがい》なさに落ち込んで、寝つけなかった。

「ああもうっ、ああもうっ」

と布団の上で頭を抱え、うんうん唸《うな》っていると、

「姉さん、うるさいわよ」

隣の部屋の桃から襖《ふすま》越しに小声で叱られた。

「ごめんよ」

里久は慌てて布団に入って目を閉じた。しかし眠気は一向にやってこない。何度か寝返りを打ったあと、とうとう諦めて目を開けた。

小さく灯した枕行灯《あんどん》の灯りに、衣桁《いこう》にかかった着物がぼんやり浮かんでいた。退紅《あらぞめ》に小花の刺繡《ぬい》がちりばめられた着物は、須万がはじめて店に立つ里久のためにと選んでくれたものだった。

「おっ母さまはきっと呆《あき》れているだろうな……」

里久が今日知ったのは、商いは欲しいと言われた品物を、ただ売るだけじゃないということ。そして、

「わたしは、なんにもできない。なんにも知らないんだな……」

ということだった。

家や店に馴染むどころか、なにもかもがさらに遠くに感じて、里久は布団を頭から被《かぶ》っ

た。

　翌日から、里久は小僧の長吉と一緒に、紅猪口《べにちょく》に紅を塗ることになった。

「いいですか里久お嬢さん、紅は『紅一匁《もんめ》、金一匁』と言われるほど高価なものですので、くれぐれもていねいに塗ってください」

　番頭が重々しく言うのに里久はうなずき、店座敷の隅の薄暗い場所に置かれた机に、長吉と並んで座った。

「お嬢さん、これが紅箱です」

　長吉は机の上の、一見弁当箱のような、漆塗りの四角い箱の蓋を開けた。中にはどろりとした紅が入っていた。

「ここに筆をつけまして」

　長吉は猪口のひとつを手に取った。白地に赤く菊の花が描かれている、かわいい猪口だ。長吉はそこに紅をたっぷり含ませた筆をのせ、少し押しつけるように回して紅を塗っていった。

「これでまだ終わりじゃありませんよ。塗りに斑《むら》があるところは、竹へらでならします」

　長吉はきれいに塗り終えた紅猪口を机の上に置いた。

「こうして乾くのを待ちます。紅はお日様を嫌いますから、乾いたらすぐに猪口を伏せてください。ほら、書いておかなくていいんですか、ここ大事なところですよ」

「あっ、そうだった」

里久は手にしていた帳面に、慌てて長吉の言葉を書きとめた。

長吉はくすっと笑い、「けどよかったですよ」と安堵《あんど》したように言った。

「もう嫌だとおっしゃって、お店にお出にならないんじゃないかと心配していましたから」

「まさか、わたしはやめないよ」

「そうですよね、そうやって覚えようとなさっているんですから。昨日、手代さんから教わった寒紅のことも、ちゃんと書いてらっしゃいますしね」

「当たり前さ」

とさらりと言った里久だったが、昨夜、まんじりとしない布団の中で、そういえば品川のおっ母さんは、いろんなことをよく帳面に書きつけていたっけ、と思い出し、まさに藁《わら》にも縋《すが》る思いで、自分もやってみようと真似てみることにしたのだ。

「ほらお嬢さん、乾いてきましたよ」

帳面から顔を上げると、猪口の中の紅が、青や緑や紫や銀や——いろんな色がまざったような、なんともいえない色へと変化していた。

「どうして紅《あか》がこんな色に変わるんだろう」

里久は不思議でならない。

「さあ、わたしも知りませんが、この色は玉虫色《たまむしいろ》って呼ぶんですよ。ほら、簞笥に入れておけば、一生着るものに困らないといわれている玉虫の羽の色にそっくりでしょ」

それほど、縁起のよい色なのだと長吉は話した。

「玉虫色かぁ」

里久は番頭が話してくれたことと一緒に、これもしっかりと帳面に記す。

紅猪口塗りは昼からもつづいた。里久も慣れない手つきで塗ってゆく。すると、

「お嬢さん、ほらあそこ」

長吉が里久の袖をつつっと引いた。

「なんだい、はみ出しちゃうよ。おっ」

見れば、店の長暖簾の間から娘が四人、顔を覗かせている。里久の披露目をかねた雛の節句の宴に来てくれた、桃と仲の良い大店の娘たちだった。

お茶やお花の稽古で何度か一緒になったこともある。母の須万に叱られる言葉遣いも、面白がってくれる娘たちだ。今日も稽古だったのだろう。

「ほらあそこ、里久お姉さままですわ」

娘たちは里久を見つけると供の女中を帰らせ、わあっと中に入ってきた。色とりどりの豪奢《ごうしゃ》な振袖の娘たちに、店内は一気に華やぐ。

「ささ、お上がりくださいまし」

番頭が娘たちを店座敷にうながし、娘たちは迎えに出た里久を取り囲むように座った。

「お姉さまがお店のお手伝いをなさっていることを、今はじめて知りましたの。桃さんったら、ちっとも教えてくれないんですもの」

娘たちは、店に一緒に入ってきて、後ろでむすっと座っている桃を軽く睨んだ。

「お稽古にお見えにならないのはこういう訳がおありだったのね」

娘たちは勝手に納得し、

「で、お姉さま、お仕事はいかが」

と訊いてきた。

里久は長い袂と裾を整え、膝の前へ三つ指ついた。ゆっくり辞儀をし、

「ようおいでくださいました」

と番頭仕込みの挨拶をして、にこやかに笑った。

「んまあー」

素の里久を知っている娘たちは、驚きのあまり感嘆の声をあげた。

「すごいですわ、お姉さま。もう立派な商人って感じですわ」

と口々に褒《ほ》める。しかし里久は、

「それがもうさっぱりでさぁ」

と小声で言って、「はあー」と溜《た》め息を洩らした。

娘たちは改まったのは挨拶だけと知り、くすくす笑った。

「うん、浜の言葉もそうだけど、品物のことを訊かれてもなにもわからなくって。だから一から覚えようとこうして紅猪口塗りだよ」

「姉さんったら」

桃が恥ずかしそうに顔を赤くした。

「あら、正直でよろしいじゃない」

「そうよ、それに紅猪口塗りも立派なお仕事ですわ」

そうそう、と里久にほほ笑む娘たちは、みな薄っすらと化粧をし、まるで大輪の花のようだ。

「それにしても小間物に一日中囲まれているなんて羨ましいわ」

そう言ったのは米問屋の娘だった。

「そうよねえ、しかも『丸藤』といえばどれも高級品」

醤油酢問屋の娘もうなずく。

他の娘たちもうなずき合い、店内の客が手にしている品々に熱い視線をそそいだ。

手代が相手をしている商家の内儀の前には、紅や白粉、化粧水など、化粧の品々が入った葛籠《かご》がいくつも並んでいた。番頭が相手をしている隠居らしい女客の前には紙入れがあった。紫と銀の市松模様のつづれ織りに、竹に雀《すずめ》が描かれている。留め金は牡丹《ぼたん》の銀細工だ。

「米問屋だって手伝えばいいじゃないかい」

と里久は言った。

「嫌よ。一日中、米に囲まれていたって楽しくもなんともないもの」

「そうそう、わたしもよ。醬油に囲まれても、着物に匂いがうつるだけですわ」

米問屋と醬油酢問屋の娘は、ねー、と笑い合う。

それから花見に出かけただの、野遊びに行って蓬《よもぎ》や土筆《つくし》を摘んだだの、娘たちの賑やかなお喋りはつづいた。

そして、芝居見物の話になったときである。

「おいでなさいませ」

手代の客を迎える声がした。

茶問屋の娘が、お喋りをつづけている乾物問屋の娘の袖をつっと引いて、

「ほらあれ」とささやいた。

里久も娘たちの視線の先を追う。すると御高祖頭巾《おこそずきん》を目深に被った女が、供の女中と店土間に立っていた。振袖姿からこちらも娘のようだ。

なにをさしあげましょう、と手代が揉《も》み手《で》をして訊いている。

だが頭巾の娘は里久たちに気づくと身を硬くし、くるりと背を向けそのまま店から出ていってしまった。

「お嬢さんお待ちくださいまし」

慌てて女中が追いかけてゆく。

「あれは湊屋《みなとや》の佐知江《さちえ》さんでございましょう」

茶問屋の娘が言い、ええ、そうね、と他の娘たちはうなずき合う。

「湊屋って？」

里久は茶を運んできた長吉に訊ねた。

長吉は「堀留町にある紙問屋さんですよ」と小声で答えた。

堀留町は、たしか伊勢町堀に架かる道浄橋《どうじょうばし》を渡ったところにある町だ。

「わたしたちがいたから遠慮なさったのかしら」

「なんだか悪いことしちゃったわね」

「ねえ、だけどあの方、今日も頭巾を被ってらしたわよ」

茶問屋の娘がひそっと言った。

「べつに珍しくないだろうに」

里久は小首を傾《かし》げた。もう頭巾を被るほど寒くはないが、ここは伊勢町だ。表を大八車が行きかう場所だけに、髪の埃《ほこり》よけに頭巾を被る者は多い。

「あれは寒いとか埃とか、そういうことじゃなくて……」

米問屋の娘が言いにくそうに言って、他の娘たちに「ねえ」と目配せする。それからきょとんとしている里久に、実はね、と話しだした。

「あの方、眉が立派ですの」

「眉が、立派？」

ちっとも飲み込めない里久に、

「簡単に言うと太いのよ」

桃がそっけなく教えた。

「えっ、太いとだめなのかい」

里久はぱっと自分の左右の眉に両手をあてた。

眉なら里久だって太い。娘たちの言うところの立派というやつだ。

眉を触りつづける里久に、娘たちはぷっと噴き出した。

「だめってことはないの。でもあの方はそれが悩みらしくって。だからああやって見えないように隠していらっしゃるの」

醤油酢問屋の娘は遠慮げに言う。

「あら、そんなに悩んでらっしゃるなら、さっさとお嫁にゆけばよろしいのよ。子を産めば眉を剃《そ》ってしまうでしょ」

茶問屋の娘が事もなげに言うのを、

「でも青眉も大事ですわ。あれだってお手入れの賜物《たまもの》ですもの」

醤油酢問屋の娘が言い返した。

そういえば母の須万も日ごろから眉の手入れを欠かさない。

――だからあんなにきれいな青眉なんだな。

なんと女は面倒なものだ。里久は胸の内でひとりごち、自分の眉をまた触った。


店に出るようになってまだ三日目なのに、紅ばかり塗っていると足がしびれ、気も滅入《めい》ってきた。客に三つ指ついて挨拶し、にっこり笑うのにも疲れてくる。そういうときはここが一番だと思い、里久は店を抜け出して中之橋に立った。

「うん、やっぱりここはいいな」

橋の上で両手を空へうんと伸ばす。

もうすぐ真上に昇る陽が川面《かわも》を照らす。里久は眩《まぶ》しさに目を閉じ、堀に波打つ水音や船頭や人足たちの威勢のよい掛け声を聞いた。吹く風に潮の香りはしないけど、こうしていると品川の浜にいるようで気持ちも体もほぐれていく。

堀をぼんやり眺めていたら、桟橋にとまっていた鷺《さぎ》が甲高くひと鳴きし、晴れ渡った空へ飛び立った。

「鳥はいいなぁ」

里久は白い翼を目で追った。鷺は橋を渡った対岸の、小舟町の方へと飛んでいく。と、向こう岸の橋のたもとに男がひとり座っているのに、里久は気がついた。男は筵《むしろ》を敷いた上でなにやら無心にやっている。

「なんだろう」

里久は物珍しさも手伝って、誘われるように男へと近づいていった。

男は白髪まじりの小柄な爺《じい》さんで、背を丸めて黙々と鏡を磨いていた。

「へえー、鏡磨きか」

品川の浜にいたときには、見かけない生業《なりわい》だった。

里久は長い両の袂を膝に抱えると、爺さんのまん前にしゃがんで、鏡を磨く様子をじっと眺めた。爺さんは黒い物を手に鏡を磨いている。

「それはなんだい」

里久は珍しさについ、訊ねた。

「こりゃあ、朴《ほお》の炭じゃよ。銅の鏡はすぐに曇《くも》っての、これで磨くと汚れも曇りもようとれるんじゃよ」

ちらっと里久を上目遣いに見た爺さんは、恥ずかしそうに里久に答えてくれた。

見ていると確かに鏡の曇りは徐々にとれてゆく。

「まるで手妻《てづま》（手品）みたいだねえ」と里久が言ったときだった。

「やっと見つけた」

ふいに女の苛々《いらいら》した声が頭上から降ってきた。いつの間にか、里久の横にどこかの女中が立っていた。

「ほんとにもう、探しちまったよ。いつもふらふらと。どこにいるかわからないよ」

女中は捲《まく》したてるとそれで気がすんだのか、「ほら頼むよ」と抱えていた鏡の箱を爺さんに押しつけ、夕方取りに来るからと言って去っていった。

「なあ、いつもあんなに怒られるのかい」

里久は鏡磨きの爺さんを気の毒に思った。

「そうさのう、うまくいかないこともあるでのう」

「うん、そうだね。わたしもだよ……。わたしはね、小間物商の娘なんだ」

里久は膝に重ねた手に顎をのせ、また鏡を磨きはじめた爺さんを眺めながら言った。店の手伝いをしていることも話すと、爺さんは「ほう」と感心した。

「でも、わたしは品物のことはちっとも知らないんだ。だから今は一生懸命覚えている最中なんだよ」

「そりゃあ頑張りやさんじゃのう」

里久は照れ臭くなって「へへっ」と笑った。

爺さんの手がとまった。腰に下げた手拭いで鏡をふき、里久に差し出した。

「おっ、出来たのかい」

どれ、と手に取った鏡は驚くほど光っていた。

「すごいなあ」

一点の曇りもない鏡に里久の顔が映った。色の浅黒い丸い顔、そしてこれまた丸い目、ちょんと上を向いた鼻。一見おちょぼ口に見える唇は、にっと笑えば横に大きく伸びた。そして顔の中でいちばん堂々と、くっきり太い眉があった。

爺さんは別の鏡にとりかかっている。そのごつい手は浜の漁師たちを思いおこさせた。

「眉が太いって、ずっと頭巾を被っている娘がいるんだよ。わたしの眉だって太いよ」

里久は自分の眉を指でなぞった。

「けどさ、そんなに悩むことなのかな？」

品川の浜の暮らしでは、そんなことこれっぽっちも悩まなかった。眉の太いのは里久だけではなかったし、他の女たちも陽の下で笑っていた。

「そうさのう」

爺さんは遠慮げに鏡の向こうから里久の顔を見た。

「そのう、なんというか、わしには太い眉も愛嬌《あいきょう》があっていいと思うがのう。お嬢さんによう似合うとる」

爺さんは目尻や頬に長く深い皺《しわ》をつくり、やさしくほほ笑んだ。

「だろう。わたしもそう思うんだよ」

里久も爺さんに、にっと笑った。しかし里久の笑顔は消えてゆく。

「店の客は大方は女だよ。齢《とし》なんて関係ない。娘も年増もみんな紅や白粉や、櫛《くし》や簪《かんざし》や、いろんな品を目を輝かせて選んでる。化粧をしたり身を飾ったり、そりゃ一生懸命さ」

家が小間物商で羨ましいと言っていた娘たちも、あの日それぞれに紅を手にし、嬉々《きき》として帰っていった。

この三日、そんな客や娘たちを眺めていて、里久は困惑していた。

「商いだから品物のことは一生懸命覚えるつもりだよ。でも正直いうと、わたしにはわからないんだ。化粧をしたり、身を飾ることがそんなに大事なことなのか。そりゃあきれいだとは思うよ。けど……」

わたしは化粧をしたいとは思わない。身を飾るものがほしいとも思わない。

里久はまた鏡を見た。自分の太い眉を眺めながら御高祖頭巾の娘はどうしているだろうと思った。あれから娘はやってこない。

「でかい自惚《うぬぼ》れ鏡だの」

里久が手にしている鏡の中に、若い男の顔がぬっと現れた。

同じ伊勢町にある米問屋「大和屋《やまとや》」の次男坊、耕之助《こうのすけ》だった。

おっ、と驚く里久に、耕之助は「わははは」と白い歯を見せて笑い、立ち上がった。鏡を懐からしばしば取り出して覗くことを「自惚れて覗く」と言うことから、懐中鏡は別名「自惚れ鏡」と呼ばれていた。里久はこれも手代に教えてもらった。

「こんなにでっかい自惚れ鏡がどこにあるんだよ」

里久も笑って立ち上がった。

耕之助とは幼馴染みだった。里久は憶《おぼ》えていないが、三つ年上の耕之助は里久のことを憶えていたようで、江戸に戻ってきた里久が橋の上に立っていると、よく声をかけてきた。最初に会ったとき、「お前、ほんとにあの里久か?」と肩をばしばし叩く耕之助に驚いたが、その気さくさにほっとした。

気性もさっぱりした男で、「米問屋の倅《せがれ》と言っても次男坊なんざ、手前《てめ》ぇの食い扶持《ぶち》は手前ぇで稼がねえとな」と毎日荷揚げ人足たちと一緒になって蔵に米を運んでいる。だからか、里久が台所仕事をしていると話すと、耕之助は「いい心がけじゃねえか」と褒めてくれた。振袖姿は馬子《まご》にも衣装だと笑ったが――里久は耕之助とはなにかと気が合った。

耕之助は今も仕事の途中だったのか、額にうっすら汗を掻いていた。

「店を手伝って、ちったあ色気が出てきたか」

耕之助はにやにやする。

「違うんだよ。ほらごらんよ、ぴかぴかだろ」

里久は耕之助に鏡を見せ、実はね、と眉のことを話した。耕之助は里久から鏡をひょい、と取り、自分の面をつくづく眺めながら、そりゃあお前《め》ぇ、と言った。

「女なら誰だってきれいになりたいって思っているんじゃねえのか、錦絵《にしきえ》に描かれた美人画みてえによ。お前はそうは思わねえのか」

そう耕之助に言われ、里久は黙った。

耕之助は髷《まげ》をちょいと直す。

「我ながらいい男っぷりじゃねえか」

「はん、よく言うよ」

里久は鏡を取り返し、大げさに呆れてみせた。

鏡磨きの爺さんが、そんなふたりを見上げながら、ふぉふぉふぉ、と笑った。


翌日の昼下がり。

里久は部屋で頭をしてくれている女髪結いに、女は錦絵の美人のようにきれいになりたいものなのかと訊いたら、反対に訊き返された。

「お嬢さんはそう思わないので？」

「そうだねぇ……」

開け放たれた障子の向こうの中庭を眺め、里久はまた黙り込む。

三日に一度やって来る髪結いは、滝《たき》という三十路《みそじ》の女だった。

滝は里久の頭をするたびに、なにかしら褒めてくれる。潮で少し赤味がかった髪や、母の須万が溜め息を吐《つ》く浅黒い肌までも。褒められるとやっぱりうれしいもので、里久もお愛想だとわかっていても、顔は自然とほころんだ。

御高祖頭巾の娘には、褒めてくれる人はいるのだろうか……。里久がそんなことを考えていたら足音がして、三味線の稽古に行ったはずの桃が廊下を通った。

「桃っ」

里久は桃を呼びとめた。

「もう終わったのかい。今日はずいぶんと早いじゃないか」

桃は稽古があるからと、髪は先に済ませていた。

お茶やお花の稽古に通っていたころ、三味線まで習わせられるのかと里久はぞうっとしたが、どの稽古もすぐに音をあげる里久を見て、須万ははじめから無理だと思ったようで、やれとは言わなかった。里久は心底ほっとしたものだ。

「途中で帰ってきたのよ。こんなんじゃお稽古できないもの」

桃は部屋に入ってくるなり屑《くず》入れの前に立ち、着物の袂を持って振った。すると、長い袂の中からなにやらぼとぼとと落ちてきた。

「まあまあ、お嬢さん、付け文《ぶみ》じゃござんせんか」

「付け文？　これぜんぶ？」

「ふん、勝手に袂なんかに入れて。これで受け取ったなんて思われたらほんといい迷惑だわ」

桃は腹を立てている。長吉が供じゃだめね、やっぱりお民についてきてもらおうかしらと言って、桃は廊下へ出ていった。台所に向かいながら「お民、お民」と呼んでいる。

「はあー、さすが伊勢町小町でござんすねぇ」

滝はたいそう感心している。

里久は屑入れを見つめた。十ちかくあるだろうか。里久は、はじめて目にする付け文に驚き、また、ぞんざいに扱う桃にも心底驚いた。

もし桃みたいにみんなに好かれたら、美人だったら……。

なにかが変わるのだろうかと里久は思う。店の役に立たなくても、「丸藤」の娘らしい物言いも振る舞いもできなくても、この町に馴染み、家に馴染み、胸にあるこのもやもやも薄れるのだろうか。

そんな里久の胸の内とは関係なく、滝は里久の小さめにつくった鬢《びん》を毛筋立ての櫛で撫でつけながら「けどねぇ」と言った。

「好いてもいない殿方に付け文されても、桃お嬢さんがおっしゃるように迷惑なだけでござんすよ。女子《おなご》は好いた殿方からでないと、うれしくもなんともないもんですからねえ」

まあ、あたしは付け文など、そんな洒落《しやれ》たもの貰《もら》ったためしはありゃしませんがね、と滝はけらけら笑い、

「ほらできました」

と合わせ鏡を里久に向けた。

「あらちょいと曇ってますねぇ。合わせ鏡は銅で出来てますからね、すぐに曇っちまうんですよ」

滝はそう言って鏡に「はあー」と息を吹きかけ、前垂れできゅきゅっとふいた。

第二章　眉化粧

三月もそろそろ終盤となり、里久が店に出はじめてから八日になる。

この日から、里久には紅猪口《べにちょく》を塗る他にもうひとつ仕事ができた。

店の間つづきに小座敷があるのだが、そこに花を活《い》けることが里久の役目となった。

意外なことに言いつけたのは、里久が店に出るのをまだ早いと反対した須万だった。今まで小座敷に花を活けていたのも須万である。それを里久に任せたのだ。

お花の稽古も毎度逃げている里久にしてみれば、よもや自分が店の小座敷に花を活けるなど思いもよらぬことだ。だが、飴色《あめいろ》の花籠《はなかご》を須万に渡され、

「これだってお店の大事なお勤めですよ」

と言われれば、うなずくしかなかった。

そもそも店の小座敷は櫛《くし》や簪《かんざし》や莨入《たばこい》れなど、自分好みに誂《あつら》えたい客が相談したり、値の

張る品をゆっくり選んだりする場に使われる。そんな客はみな「丸藤」の上客で、裕福な商家や武家の客だ。当然大そうな素養もある。

里久も花なら今までに、二度ほど奥座敷に活けたことはあるのだが、家の誰もがぎょっとしたり、首をひねったりと、到底他人様《ひとさま》にお見せできる腕前ではない。

──いくら店の勤めとはいえ、そんな場所に活けろだなんて。

里久にはやはり荷が重すぎる。

腕を組んで花籠を睨んでいたら、そろそろ店を開けると小座敷に知らせに来た長吉が、

「お嬢さん、そりゃあいったい」

と言ったっきり黙った。

「やっぱりだめかい」

花籠には黄色い花をつけた枝が、あっちこっちに向いていた。山吹だ。

「これじゃあまるで山あらしですよ」

「もう、だったら長吉が活けておくれよ」

「無理ですよ。わたしだってしたことないんですから。ささ、もう一度はじめからやり直したほうがいいですよ」

「はあぁ」

里久はがっくり首を垂れる。

おっ母さまはどうしてわたしに活けろって言うんだろう。わたしが活けたって笑われるだけなのに。恥を掻くのをいちばん嫌がるおっ母さまなのに。

里久は床の間から花籠を下ろし、活けた枝を一本一本抜いていく。

「そっとですよ、そおっと。せっかくの花が落っこちますからね」

「わかってる」

「あ、落ちた」

「わかってるって」

「あ、また」

「もうー、うるさいっ」

そこへ、旦那様、と番頭の声がした。小座敷から出たすぐ横の帳場からで、わざと抑えた声だった。

「やはり今年に入ってから、あまりよくありませんです」

帳面を手繰《たぐ》る音がする。

「そうだな。お屋敷廻《まわ》りの外売りはそう変わらんが、店売《たなう》りが落ちているな」

低い藤兵衛の声も聞こえた。

里久は枝を抜く手をつっととめ、耳を澄ました。

「このごろは小間物を扱う店も多くなったからな。お客がよそへ流れているんだろう」

藤兵衛が言った。

「はい、昨今は役者までも白粉《おしろい》を商う始末でして」

戯作者《げさくしゃ》の式亭三馬《しきていさんば》が出したのは、化粧水「江戸の水」だったと番頭はつけたした。

しかし旦那様、と番頭はつづける。

「近ごろ思うのですが、今までご贔屓《ひいき》くださっておりましたお客様はみな、お年を召されまして、昔のようにそうそうお越しくださいません。久しぶりにおいでくださいましたご隠居様も、前のように芝居だなんだと外出をしなくなったとかで、身を飾るものもそんなにいらないのだとお話しされておりました。結局その日はごらんになっただけでなにも――」

「じゃあなにかい、客足が減ってるっていうのに、来ても買わずに帰るお客も増えてるってことかい」

「はあ、さようで」

「……なんとかしないとな。かといってどうすればよいのやら」

藤兵衛が溜め息まじりに言った。

「旦那様、ここらで大安売りをお打ちになられては。呉服店でよくやってますように『諸色相改《あいあらため》大安売り仕候《つかまつりそうろう》』と引札《ひきふだ》（広告）を出しまして」

けどねえ、と藤兵衛は渋った。

「それも一時のことだろうよ。やるにしてもよくよく考えてやらないと。安易にやってかえって悪くなったお店をずいぶんと見てきたからねぇ」

「そうでございました」

番頭も唸《うな》った。

「品物は悪くないんだ」

「ええ、そりゃあもう。どこに出しても恥ずかしくない品ばかりでございます」

「店に来て手にとってくれさえすれば、きっとまた気に入ってもらえるはずなんだよ。足さえ運んでもらえればねえ」

そこでふたりの話はふつりと切れた。うーむ、と唸り声ばかりが聞こえてくる。なにかよい案がないものか知恵をしぼっているようだ。

どうやったら店に足を運んでもらえるか……か。

手にした山吹の枝をいじりながら里久はぼんやり考えた。そういえば浜にいたころ、しる粉屋が便《たより》屋もかねていて、しる粉目当てに文を出すおっ母さんによくついて行ったっけ。そうか、もうひとつなにか目当てがあればいいんだ。でも、しる粉を出すわけにもいかないし……。

里久はふいに、ふたりの女の声を思い出した。

――やっと見つけた。

——ほんとにもう、探しちまったよ。いつもふらふらと。どこにいるかわからないよ。

——あらちょぃと曇ってますねぇ。合わせ鏡は銅で出来てますからね、すぐに曇っちまうんですよ。

そうだ……。そうだよ、これだよ。

「お父っつぁま！　わたし、いい考えを思いついたかもしれない」

里久は山吹を放り出し、転がるように帳場の藤兵衛と番頭の許《もと》へ駆け寄った。

藤兵衛と番頭は大いに驚いた。聞かれていたとは、と互いに顔を見合わせ、藤兵衛が

「まあとにかく、落ち着きなさい」と里久を座らせた。

「里久、いったいどんな考えがあるっていうんだい」

「お父っつぁま、店に鏡磨きの職人を置くっていうのはどうだろう」

里久は鏡を磨いてほしい人は毎日たくさんいること、その人たちは職人を町に探したり、

家の前を通るのを待ったりしているのだと一気に話した。

「あの店に行けば必ず鏡磨きがいるとなれば、女の人が磨いてもらおうとやって来るだろ。

そしたらその人がお客になってくれるかもしれない。ね、どう？」

そりゃあ、いい考えだ。そう言ってふたりが喜んでくれるとばかり里久は思っていた。

しかし、

「それだけのことで……」

と番頭は難しい顔をした。

藤兵衛は目をつむって腕を組んでいる。

里久お嬢さん、と番頭は静かに言った。

「そもそも、鏡を持ってくるのはお女中たちでございます。お女中に『丸藤』の品は手が出ません」

客にならないと番頭は首をふる。

紅一匁、金一匁。里久も番頭に教わった。紅にはそれだけ価値がある。つまり高いってことだ。「丸藤」の紅ならなおさらだ。一年の給金が三両の女中に買えるはずもない。他の品だって同じだろう。だが、里久には、おっ母さんを追いかけた白い道が見える。道の先には「丸藤」があり、その土間には――。

「とにかくやってみなきゃ」

里久はまだ目をつむっている藤兵衛の膝を揺すった。

藤兵衛はゆっくり腕を解き、里久と目を合わせた。

里久も藤兵衛の目をまっすぐ見返す。

藤兵衛の目許がふっとゆるんだ。

「よし、やってみるか」

藤兵衛は、ぱしっと膝を叩いた。

そんな藤兵衛に番頭は驚いている。

「だ、旦那様っ」

「番頭さん、なにもせずよりいいでしょう。しかし問題は来てくれる職人ですよ」

「お父っつぁま、それもわたしに心当たりがあるんだよ。待っておくれ」

里久は立ち上がった。


長い袂を翻《ひるがえ》し、裾が割れるのも構わず、里久は伊勢町河岸通りを中之橋へ走った。

「待ってくださいよ、お嬢さぁーん」

後ろから長吉が追いかけてくる。

「そんな姿をご新造《しんぞう》さまに見られでもしたら、大目玉をくらっちゃいますよぅ」

しかし里久はそれどころではない。店のためになるかもしれないと思うと、興奮で足はいっそう速まった。

橋を渡って小舟町へ出たが、そこに探し人の姿はなかった。

「まだ早いからかな……。長吉、やっぱりこっちだ」

里久は来た道をまたとって返し、今度は堀を遡《さかのぼ》り道浄橋へと向かう。

橋の向こうにひょこひょこ歩く爺さんの姿が見えた。

いた！　よかった！

「待って、鏡磨きの爺さん、待っておくれ！」

里久は大声を張りあげ、橋を駆け渡った。

鏡磨きの爺さんの前に立った里久に、息を切らせて追いついた長吉が、喘《あえ》ぎながらささやいた。

「この方にお頼みしようとお考えなのですか」

「そうだよ」

「だったら爺さんではまずいですよ」

逸《はや》る気持ちの里久だったが、長吉に言われて番頭の言葉を思い出した。

——いいですか里久お嬢さん、商いは一にも二にもまず、挨拶からでございます。

そうだった。

里久は己の気持ちを落ち着かせ、まずは改めて自ら名乗った。

鏡磨きの爺さんは「この前のお嬢さん」と里久を憶《おぼ》えていてくれて、「丸藤」のことも、

「立派なお店じゃ」と知ってもくれていた。

爺さんは彦作《ひこさく》と名乗った。

「じゃが、長屋の者からは彦爺《ひこじい》と呼ばれておる」

「彦爺か」

「で、立派なお店のお嬢さんがわしになにか用かいのう」

里久はうなずいた。

「うちのお店で鏡磨きをしてもらえないかと、お願いにきたんだよ」

里久は単刀直入に切り出し、実はね、と今の店の様子を説明して、藤兵衛や番頭に話した自分の考えを彦作にも伝えた。

彦作は目をぱちくりさせて聞いている。

「お店に来てくれたら、彦爺にもいいことはあるよ。まず町を流さなくてすむ。客だって彦爺を探さなくてすむ。みんなが彦爺のところに訪ねてくるのさ。もうあんなに怒られたりしない。ね、いいだろ」

「そ、そうさのう」

「うちで鏡磨きをしておくれ。お願い、このとおり」

里久は頭を下げた。


彦作を藤兵衛と番頭に引き合わせると、三人は店の小座敷で長い間話をしていた。

藤兵衛が彦作の人柄に納得し、彦作の長屋の大家に身許《みもと》を確かめに行かせた手代が戻ってきて、報告を受けた番頭があるじにうなずくと、彦作はその日のうちに「丸藤」抱えの鏡磨き職人となった。そしてすぐに、

「鏡磨き承ります」

と記した紙も店表に貼り出された。

それから一回り（七日）、四月に入り着物の綿を抜き、袷《あわせ》になってすぐのころ、鏡を持ってくる者が増えだした。しかし、

「やはりお女中たちばかりでございますねえ」

番頭も奉公人たちもがっかりした。

が、それからまた三、四日もすると、今度は女中の口から「丸藤」の名を聞いたと、足が遠のいていた大店の内儀《ないぎ》が、ひとり、またひとりとやってきた。「ここの紅が差したくなりましてねえ」と、紅や白粉をちょこちょこ買っていき、値の張る櫛や簪までぽつりぽつりと売れ出した。

そのうえ、町屋のおかみさんたちが来てくれはじめた。

「実は前々から寄ってみたかったんだけど、なんだか敷居が高くってねえ。けど鏡磨きの用向きがあるお蔭《かげ》でやっと来られたよ」

と大喜びで、求めやすい化粧水の品などを買ってくれた。

里久もはじめてこの「丸藤」の店の前に立ったときは、立派な店構えに足が竦《すく》んだものだった。客は欲しいものがあったとしても、果たしてそれが手の届く値なのかわからなければ、入るのをためらう。ちょっと覗いてみたいだけの者ならなおさらだ。きっと暖簾《のれん》をくぐるのを諦めてしまうだろう。だから本当によかったと里久は思う。

それに、里久の案じた一計がどんぴしゃと当たったと、番頭も奉公人たちも、藤兵衛までもが手を叩いて喜んでくれた。うれしくてうれしくて、自分も店の役に立つことができたと心底ほっとした。

そしてなにより、今までに味わったことのない気持ちが湧いてくるのを里久は感じていた。

おもしろい――。

ほんの少しの知恵で人を呼び寄せることができる。人が人を呼んできてくれる。商いとはなんと不思議なものだろう。里久の胸は驚きと興奮で熱くなった。

今日も町屋のおかみさんが暖簾をくぐってやってきた。

「鏡を磨いてほしいんだけど。ついでにちょいと紅を見せてもらってもいいかねぇ」

遠慮がちに言うおかみさんに、手代が「どうぞ、ささ、こちらへ」と案内した。

「どうだい彦爺、今日も繁昌《はんじょう》だよ」

里久は店土間の隅に筵《むしろ》を敷いて鏡を磨いている彦作に、にっと笑った。

「そうさのう、お嬢さんはたいしたもんだ」

彦作は、鏡から顔を上げ里久にうなずく。

里久は、彦作のすぐ横の店座敷の机に座り、預かり帳面におかみさんの名をうきうきと記した。

　と、そのときだ。

「あのぅ鏡を」

　と声がした。

「おいでなさいまし」

　また鏡磨きの注文だ。里久は帳面から顔を上げた。このごろでは客を出迎える挨拶もだいぶ板についてきたと、番頭に褒められるようになっていた。

　が、目の前に立った女中を見て、里久の笑顔は引きつった。

　ちょうど桃ぐらいの齢《とし》だろう。走ってきたのか、女中はひどく汗を掻いていた。額から流れるその汗が、眉墨《まゆずみ》を溶かし、女中の顔に幾筋もの黒い線を描いていた。

　その場に居合わせた客たちも気づいたようで、あちらこちらでくすくすと笑いが洩れ聞こえる。

　女中は、「急ぎでお願いしたいのですが」と持っていた鏡の箱を里久の前に差し出した。

　里久は焦ってしまった。机にはさっきおかみさんから預かった鏡がのっている。それも表を上にして。まだ磨いていない鏡だが、女中の黒い筋が流れる顔を十分に映す。

「へい」

　里久に代わって彦作が受け取った。その隙に里久は表を裏返そうと鏡に手を伸ばした。

が、それより先に女中の視線が鏡に落ちた。

案の定、女中は首まで真っ赤になった顔を両手で覆い隠し、そのまま外へ駆け出してしまった。

「待っておくれ」

里久は土間の履物をつっかけ、女中のあとを追いかけた。

あんな顔では表通りを歩けなかったに違いない。女中は店横にある天水桶《てんすいおけ》の陰にしゃがんで泣いていた。

「すぐに教えればよかったのに、悪かったね。ほらお立ちよ」

里久はそっと女中の腕をとった。井戸端で顔を洗わせ、台所の板間に座らせた。

泣き腫《は》らした女中を見た民は、女中部屋から煎餅《せんべい》の入った袋を持ってきて、「ちょっと湿気《しけっ》てるかもしれないけど」と、女中の手に一枚持たせた。

木戸番屋で買ってきて、夜にひとりでこっそり食べているらしい。

「太る太ると言ってるくせに」

里久は民をからかった。

「おや、そんなことおっしゃるなら里久お嬢さんにはあげませんから」

「ごめん、悪かったよ」

そんなふたりのやり取りにくすりと笑った女中は、民に煎餅の礼を言い、自分は紙問屋の奉公人で、三津《みつ》だと名乗った。

三津の水で洗った顔には、ほとんど眉がなかった。細くわずかに残っているだけだ。さっきの眉といい、気になっていた里久は、

「なあ、三津さん、その眉どうしたんだい」

と訊《たず》ねた。

言った途端、里久は民にこづかれた。もっと遠まわしに訊けという。

「いいんです」三津はうつむいたまま首をふった。

「太い眉に悩むお嬢さんがお気の毒で。あたし……」

眉化粧がうまくいかないと塞《ふさ》ぎ込むお嬢さんを見かね、どんな形がよいものか、自分の眉で幾度も試しているうちにこんなふうになってしまったのだと、三津は話した。

「けど、どうにもうまくいかなくて、眉はどんどんなくなってしまうし」

こんなあるかないかの眉では使いにも出られない。竈《かまど》の消し炭で描いてみたが失敗だったと三津は打ち明けた。

「まあまあ、なんてお嬢さん思いだこと」

民は目頭を押さえ、洟《はな》を啜《すす》った。

話を聞いて、里久にはひとりの娘の姿が思い浮かんだ。

「そのぉ、もしかしてお嬢さんって、御高祖頭巾《おこそずきん》の」

三津は里久にこくりとうなずいた。

「佐知江お嬢さんでございます」

「やっぱり」

里久がずっと気にしていたあの娘だ。

「それにしてもお嬢さんも立派な眉ですねえ」

三津が感じ入ったようにつぶやくと、民がぷっと噴き出した。

「ごめんなさい、あたしったらなんてこと。堪忍《かんにん》してくださまし」

「いいんだよ、本当のことだから」

可哀想《かわいそう》なほど謝る三津に、里久は「あははは」と明るく笑った。

そんな里久を見て、三津は眩《まぶ》しそうに目を細める。

「佐知江お嬢さんもそうやって笑っていらしてくれたら……」

引っ込んだ涙がまた湧いてきたようだった。

民が気の毒そうに背をさする。

「ああ、泣かないでおくれよ。そうだ、わたしの眉で試してみようか」

里久は自分の太い眉を撫でた。

「そんなのいけません、お嬢さん」

「そうですよ、おやめくださいまし」

三津も民も滅相もないと言ってとめた。

「大丈夫だよ、眉ならこんなにあるんだから」

ほらっ、と両の太い眉を摘《つま》んだ。

「だめよ、姉さん」

里久が眉を摘んだまま「へ？」と振り返れば、桃が台所の入口に立ち、里久に呆れた顔を向けていた。どうやら三津の話を聞いていたようだ。

「桃、なんでだめなんだい。いい考えだと思うけど」

口を尖《とが》らせる里久に構わず、桃は台所へ入ってきた。

「あなた三津さんとおっしゃったわね」

桃に見惚《みと》れていた三津は、「はい」と返事をして膝を正した。

「ねえ、いろいろと眉化粧をしてみたとき、あなたに似合う眉でも、あなたの、そのお嬢さんには似合わなかったんじゃない？」

「ええ、そうです。そのとおりです」

桃を見上げていた三津は、こくこくとうなずいた。

「なぜだかわかる？」

「なぜ……とは？」

問われている意味がよくわからないようで、三津は首を傾げる。

「わたしたちの顔をよく見て」

桃は、里久の顔に自分の顔を寄せた。

「どう？　同じ？　目は、鼻は、口は、顔の形は」

「どこかしら似ていらっしゃいますが、同じかと訊かれると違う……あっ、もしかして、あたしとお嬢さんも違うから、ひょっとして」

「そう、そのとおり。ひとりひとり顔は違う。姉妹だってそうよ。とくに眉化粧は顔の形が重要で、似合う眉の形も違ってくるの」

「なるほどねえ」

里久は妹の言葉にひどく感心した。そんなふうに人の顔を見たことは今までなかった。

「桃、すごいじゃないか。そうだ、だったら佐知江お嬢さんとやらはどんな眉が似合うか、桃が教えてあげておくれよ。うん、明日にでも佐知江お嬢さんをここへ呼んで、どうせならみんなで桃に教えてもらおうよ。どうだい、いい考えだろ」

「ほんに、そりゃあよいお考えでございますよ」

民はぽんと手を打ち、三津も目を輝かせた。なのに、

「嫌よ、わたし忙しいもの」

と桃はつれない。

「そんなこと言わずお願いだよ」

里久が手を合わせて頼んでも、「嫌ったら嫌よ」と、けんもほろろだ。

三津はそこをなんとかお願いしますと、何度も頭を下げて懇願する。

「お願いしますお嬢さん。お嬢さんのようにきれいになれたらどんなにいいでしょう。それに、もうお嬢さんだけが頼りなんです」

桃の美しい眉がついっと持ち上がった。

「そこまで言われたらわたしだって……じゃあ教えてあげるわ」

きれいと言われたからか、それとも頼りにされたのがうれしかったのか、桃はまんざらでもないようで、ほんのり頬を染めている。

三津は民と手を取り合って踊りださんばかりだ。

「ありがとな、桃。明日が楽しみだよ」

里久は、にっと笑って太い眉をまた触った。

次の日の昼下がりである。

里久は部屋に女中の三津と、そして佐知江を迎えた。

御高祖頭巾をとった佐知江はむすっとしていた。桜鼠《さくらねず》の地に、流水に色紙散らしの振袖がよく似合っている。眉の太さは里久とどっこいどっこいというところか。

「まあまあ、ようお越しくださいました」

障子が開け放たれた部屋へ須万が現れた。

里久に友達ができ、おまけに化粧にまで興味を持ったと勘違いしているようで、日ごろとは打って変わって満面の笑みだ。民に茶と菓子を運ばせ、盛大に佐知江をもてなす。

佐知江は佐知江で、こちらもさっきまでとは大違いで、畳に手をつきにっこりほほ笑み挨拶する。

「これはほんのお口汚しでございますが」

と、しずしずと老舗の羊羹《ようかん》の包みを出し、須万の前へ滑らせる。

須万が上機嫌で出ていくと、里久は感嘆して唸った。

「そうやって、今みたいに笑っていればいいじゃないか。眉のことなんてこれっぽっちも気に病むことなんてないと思うけどな」

里久の目から見れば、佐知江は十分きれいだ。

「呑気《のんき》でいいわね」

佐知江は里久をきゅっと睨んだ。

「わたしは……弁慶《べんけい》みたいな眉だって言われたわ。それも許婚《いいなずけ》に」

佐知江の言葉に、三津はつらそうにうなだれた。

「弁慶って、牛若丸《うしわかまる》と弁慶の、あの弁慶かい？」

それなら里久も知っている。

「ほかにどんな弁慶があるっていうのよ」

声を荒らげた佐知江だったが、すぐにしゅんとし、両家で歌舞伎の勧進帳を見に行ったときのことを話しだした。

貸し切った桟敷《さじき》で、佐知江は弁慶が飛六方《とびろっぽう》を踏んで花道を引っ込むのを、溜め息まじりに見つめていた。すると肩をとん、と叩かれた。母親をはさんで座っていた許婚が、体を反らせ、母の背中越しに顔を近づけてきた。芝居に夢中の母親が気づかないのをいいことに、ちょいと、と手招きする。佐知江は恥じらいながらも、そっと許婚に顔を近づけた。

佐知江の耳元に顔を寄せ、許婚はこう言った。

――ほら、あの弁慶の眉、お前さんそっくりだ。

「それからよ。人に眉を見られるのが怖くなったのは」

佐知江は、そのときのことを思い出し、くやしさに涙ぐんだ。

里久は猛烈に腹が立った。

「なんだいその男っ。そんな奴《やつ》の言ったことなんか気にしなくてもいいんだよ。それより、あんたなんかこっちから願い下げだって、ばしっと断ってやればいいんだ。ばしっと」

だが佐知江は弱々しく首を横にふる。

「どうしてさ！」

「だって……好いているんですもの」

佐知江は恥ずかしそうに頬を染め、そして悲しそうに目を伏せた。

里久はどうにもやるせなかった。里久だって女髪結いに褒められたらやっぱりうれしい。それが好きな人だったら、どんなにうれしいことか。その逆ならば——里久もそれぐらいわかる。なんとなくだけど。

「そうだねぇ。好きなひとから言われりゃ、そりゃこたえるよ」

佐知江はこくりとうなずいた。

「じゃあさ、今日はじっくり教えてもらおう」

里久が威勢よく声をあげたとき、廊下に軽やかな足音が聞こえ、桃が「お待たせ」と部屋へ入ってきた。娘たちは両手をつき、

「よろしくお願いいたします」

と桃に向かって深々とお辞儀をした。

桃は『今様風俗化粧伝《いまようふうぞくけわいでん》』という指南書を広げた。

里久は驚いた。

「へえ、桃はこんな本を読んで化粧を学んでいるのかい。すごいもんだねぇ」

「別に、学ぶだなんて大げさよ。小さいころから好きで読んでるだけ。だから化粧だって自然と覚えたのよ」

それを聞いて里久はさらに驚く。里久はといえば、本よりも海で貝殻を拾って遊ぶのに

夢中な子だった。

「ほらここに書いてあるでしょ」

桃は指南書の文字をなぞった。そこにはこう記してあった。

眉毛のつくりかたいろいろあれど、顔の格好によりてつくりかたかわれり。

つづいて具体的な顔の形や、それに似合う眉が書かれていた。

「姉さんの顔ならここでいうと、ほらこれ、この短い顔。つまり丸顔になるのよ。佐知江さんはこっちの長い顔。三津さんは……姉さんと一緒で丸顔ね」

里久は長い顔の箇所を読み上げた。

「じゃあ佐知江さんなら、なになに、少し太くつくること、だって」

「わたし、細いほうがいいとばかり……」

佐知江は口に手をあて驚いている。

「そう、だからいくら錦絵の美人画のように真似てつくっても、細い眉は佐知江さんには似合わなかったのよ」

指南書に従うと、里久と三津は細く三日月のように、瓜実顔《うりざね》の桃は少し薄くつくる、とある。ちなみに下膨れの顔は太くと記されていた。

桃は佐知江に鏡を持たせ、さっそく教えはじめた。

「いい？　じゃあ実際にやってみるわよ。見てて」

「なんだかわくわくするよ」

里久の気持ちは弾んだ。

「ほら姉さんも動かないで」

桃は手に剃刀《かみそり》を持ち、みんなの眉をすっすっと、あっという間に整えていった。

「まあまあまあ、お嬢さん。とってもおきれいですよ」

三津は佐知江の顔を見て涙ぐんだ。

佐知江も鏡に映る自分の顔を食い入るように見つめてうなずく。その顔が見るまにぱあっと輝いた。

「お前もごらんなさいな」

佐知江は三津にも鏡を向けた。

三津の眉も、桃が眉墨で描いてやっていた。

鏡を覗いて三津もうれしそうにほほ笑む。そんな三津に、佐知江は謝った。

「三津、ごめんなさい。お前にはわたしのためにずいぶんつらい思いをさせたわね」

「お嬢さん……いいえ、いいえ」

三津は首をふる。

「あたしはお嬢さんが笑顔になってくれさえすれば、もうそれでいいんです。本当にようございました。それにあたしまでこんなきれいな眉にしていただいて。三津はなんだか元気が出てまいりました」

佐知江は、うんうん、とうなずきながら、うれし涙を流す三津の肩を抱いた。

そんなふたりに、里久は元気な声で言った。

「じゃあ、さっそく許婚に見せておやりよ」

佐知江は滲《にじ》んだ涙をぬぐった。

「ええ、見せてくるわ。今度もし悪態なんて吐《つ》いたら、こっちから縁談を断ってやる」

すっくと立ち上がった佐知江は、晴れ晴れとしたいい笑顔だった。


「大丈夫かしら」

佐知江たちが帰った部屋で、化粧道具を片づけながら桃は心細そうにつぶやいた。

「大丈夫だよ。きっときれいだって言ってもらえるよ。なんたって、桃がした眉化粧なんだから」

里久は自信たっぷりだ。

桃の緊張した表情《かお》がほぐれた。

「姉さんはどう？　眉は気に入った？」

桃は鏡を里久に渡した。見れば里久の眉もきれいに整えられている。

「……まあね。でも桃のようにはなれないね」

「当たり前よ、年季が違うわ」

桃は薄く優しげな眉で微笑を浮かべる。

「ねえ、姉さんも誰か見せたいひとはいないの」

「いないなぁ」

「ほんとうに？」

「そうだねえ」

里久は鏡の中の自分をしげしげ見つめた。

「じゃあ、せっかくだから耕之助にでも見せに行ってくるかな」

「えっ」

やわらいでいた桃の顔が急に強張《こわば》った。

それに気づかず、里久は「長吉、長吉」と呼びながら廊下を走った。

長吉と中之橋に立つと、耕之助が荷揚げ場の人足たちの中にいるのが見えた。

「おーい、耕之助ぇ」

里久は手をふった。

耕之助も里久に気づき、手をふり返してきた。

里久は河岸《かし》に上がってきた耕之助と、橋のたもとに出ている屋台の団子屋の床机《しょうぎ》に座った。

「ほら、どうだい、きれいだろぉ」

里久は耕之助に顔を突き出し、細く三日月のように整った眉を披露した。

耕之助の喉から「ぐふっ」と妙な声が洩れた。

「なんだよ、桃にきれいにしてもらったから見せにきたっていうのにさ」

里久はむっとし、頰を膨らませたが、すぐにぷっと噴いてしまった。

「正直言うと、わたしもなんだか可笑《おか》しくって」

きれいになったのはうれしい。しかし里久は前の太い眉が恋しくもあった。

横で団子を食べている長吉がうなずく。

「実はわたしも前の眉のほうが好きです。お嬢さんにはあの眉がしっくりきますよ」

耕之助が「違《ちげ》えねえや」と笑う。

気を悪くされました？　と心配する長吉に里久は、

「うれしいよ。ありがとう、長吉」

と礼を言った。

それにしても化粧って不思議なもんだと里久は思った。

化粧は顔をきれいにするだけじゃない。元気を運んでくる。佐知江や三津をあんな笑顔にさせる。わたしだってわくわくした――。

里久は「丸藤」のお客の顔を思い浮かべる。化粧や身を飾る品を選ぶときの、あの真剣で嬉々《きき》とした顔を。すると、遠くに感じていた品々が、ほんの少し身近になったような気がした。

もしかしたら、小間物商は品物だけじゃない、品物と一緒になにか大切なものを渡しているのかもしれない。お父っつぁまの商いは、そんな商いなのかもしれない――。

細い眉を撫でながらそんなことを考えていたら、里久の耳に櫓《ろ》を漕《こ》ぐ音が聞こえてきた。里久は、はっとし、急いで橋の欄干に走り寄り堀を覗いた。艀舟《はしけぶね》がゆっくり堀を南へ下っていく。そのまま下れば日本橋川だ。そして川は海へ、懐かしい品川の浜へとつづく。

「戻りたいのか」

声に振り返れば、耕之助がじっと里久を見ていた。

風が吹いた。潮の香りはしない。町の風、伊勢町の風だった。

里久は曖昧《あいまい》に笑った。

「きれいなものを見るのは好きだよ。人がきれいになるのも、うれしそうに笑うのも好きだ。だからお店を手伝うのも楽しいよ」

それは決して嘘《うそ》ではなかった。

耕之助は「そうか」とうなずいた。「あっ、いいこと思いついた。今日桃に教えてもらったことをさ——、長吉、早く店に戻ろう。耕之助、じゃあまたな」

里久は走りだした。

「待ってください、そんなに走ったら転びますよぅ。ほら、裾がはだけてますよぅ」

長吉が喚《わめ》きながら追いかけてくる。

それに構わず里久は走りつづける。

櫓の音も、人足たちの掛け声も遠くになり、道の先に店の暖簾が見えてきた。

「お父っつぁま」

里久は小間物商「丸藤」の暖簾を勢いよくくぐった。

「おかえりなさいまし、里久お嬢さん」

奉公人たちの声が一斉に大きく響いた。

第三章　姉さん

苗売りの振り声が聞こえた。

朝顔の苗や夕顔の苗ッ。へちま、冬瓜《とうがん》、白瓜《しろうり》の苗ッ。

歌うように節をつけ、のんびりと店前《みせさき》を通っていく。

四月も半ばに入り、夏のはじまりを迎えていた。

「亀戸《かめいど》天神の藤もそろそろ見ごろは終わりだねえ」

振り声にしばし耳を傾けていた客が、思い出したように店の誰かに告げている。

店の間つづきの小座敷で紙を折りつづけていた桃は、手をとめ、痛む指先を見つめた。

もう半刻（一時間）も、姉の里久、小僧の長吉と一緒に、この蒸し暑い小座敷で四寸四方の刷り物を四つ折りにしている。

眉の化粧の仕方を詳しく書いて、品物を買ってくれたお客へ配ったらどうかと里久が提案し、父の藤兵衛が「それならいっそのこと刷り物にしよう」と言いだして、やってみるとこれがちょっとした評判となり、こうして桃まで借り出され、手伝いをさせられている。

まったく、どうしてわたしまで——。

赤くなった指先を見つめ、桃はげんなりする。なのに横で、

「ほんとうにお店がまた繁昌してよかったですね。これもお嬢さん方のお蔭ですよ」

と長吉は満面の笑みだ。

「別にわたしはなにもしてないわよ」

桃にしてみたら、ただ知っていることを教えたまでだ。

「なに言ってるんだよ、桃はすごいよ。眉のつくり方をあんなによく知っていて、ていねいに教えてくれたから、こうやって刷り物にだってできたんだ。桃のお蔭だよ」

里久も折っている手許《てもと》から顔を上げ、無邪気に笑う。褒めておきながら、桃がきれいに整えてやった里久の眉は、いつの間にか元の太い眉に戻っている。

桃は溜め息を吐《つ》き、床の間の花を見た。今日は菖蒲《あやめ》が活けてあり、花籠の二輪は互いにあらぬ方を向いている。腕は相変わらずのようだ。でもこのごろでは、里久の活ける花が面白いといってわざわざ見に来る客もいる。隣の蠟燭《ろうそく》問屋の隠居もそのひとりで、里久の

花を見て「ほうー」と唸っては白い顎髯《あごひげ》を撫でている。なにが「ほうー」なのか、桃にはさっぱりわからない。

「ほら、お客さんも喜んでいらっしゃいますよ」

長吉が小座敷から店内を覗いて桃を手招きする。さっきから賑やかな声が聞こえているのは桃も気づいていた。桃がそっと覗くと、客の娘たちが刷り物に顔を寄せ、長い顔だ、丸い顔だと言い合っている。はしゃぐ娘たちを眺めると桃もうれしい。

「楽しそうですね。それに比べて見てくださいよ」

長吉が店座敷の奥を指さした。

晴れやかな娘たちとは反対に、男がふたり、むっつりと座っていた。その隣にはぼんやり顔の男もひとりいる。ひとりはうちの番頭だ。もうひとりは——と考えていたら、

「あれは染物屋の手代さんと、その横のおひとは絵描きさんですよ」

と長吉が耳打ちした。「丸藤」で扱う手拭いは、すべてこの染物屋に任せている。

そもそも手拭いは、長い木綿の布の端から端まで、同じ柄で染めることが多い。これは買う側の求めに応じ、好きな長さに切り売りする店が大半で、柄行《がらゆ》きもどこで切ってもいいような細かいものになる。色も藍《あい》や黒の一色染めが多い。しかし「丸藤」では、絵描きも抱えるこの染物屋に凝った手拭いをつくらせている。長さも柄に合わせて均一だ。染める色も数色になることも珍しくない。簡単に言ってしまえば、贅沢《ぜいたく》な手拭いを商っている。

番頭の前には、数枚の下絵が並んでいた。手拭いの新しい絵柄のようだが、それにしても番頭も染物屋の手代も、やけに渋《しぶ》っ面《つら》だ。

どうしたのかしらと、桃が男たちの様子を気にかけていたら、薄暗い店内にすっと光の筋が射し、店暖簾《のれん》を割って男がひとり入ってきた。背の高い半纏着《はんてんぎ》の職人で、切れ長の目許が涼しい、すっきりとした男だった。途端に娘たちのかしましい話し声がぴたりとやんだ。ほら見て、と互いに肘を突《つつ》き合い、職人の男っぷりにうっとりしている。

「あれは誰だい」

里久が桃の後ろから顔を覗かせた。

「あら、姉さんはまだ会ったことがなかったのね。飾り職人の清七《せいしち》さんよ。そりゃあいい簪《かんざし》を拵《こしら》えなさるの」

長吉が父の藤兵衛を呼びに行き、すぐに奥から出てきた藤兵衛は、清七を店座敷にあげて、さっそく簪に目を通しはじめた。

どんなものを拵えてきたのか、桃は気になった。店表に出るのは嫌いだったが、見たい気持ちを抑えきれず、小座敷から出ていった。

「まあ」

藤兵衛の横に座った桃は、思わず感嘆の声をあげた。袱紗《ふくさ》の上に並べられた簪は、いつもながらどれも素晴らしかった。中でもいちばん気に入ったのは、小さな珊瑚玉《さんごだま》を南天《なんてん》に見立てた簪だった。葉も金と銀で形づくられ、どういう細工がしてあるのか、手に取って動かすと、茎ごと葉は小さく揺れた。

「素敵ねえ」

桃から溜め息がこぼれた。

「本当だねぇ」

いつの間に来ていたのか、隣で里久も同じように溜め息を洩らした。

桃は少し驚いた。姉が飾り物に興味を示すなんてはじめてのことだ。母の須万が里久のためにと誂《あつら》えたびらびら簪も、「なんだか恥ずかしいよ」と結局挿さずじまい。今も里久の髪には、地味な塗りの櫛《くし》がひとつあるだけだ。

「お父っつぁま。姉さんは清七さんとははじめてよ」

「おやそうだったかい」

藤兵衛は、これはうちの上の娘でね、と里久を紹介した。

清七は「お初にお目にかかります」と挨拶し、前屈みになって簪にくぎづけの里久に、

「お嬢さんはどれがお気に召しましたかい」

と訊いた。ちらと清七を見上げた里久は、頬をほんのり赤くした。桃はそれも意外だった。

「わたしは……これがいいな」

里久は銀の平打《ひらう》ち簪のひとつをそっと指さした。

渦を巻いた波の彫りに、小さな珊瑚玉をちりばめて飛沫《しぶき》を表した簪だった。その飛沫の間を、銀の海鳥が飛んでいる。

「波の音が聞こえてくるようだよ」

「そりゃあ、なによりの褒め言葉です」

「おや、いつも難しい顔のお前さんがそんなうれしそうな顔をするなんてね。わたしだっていつも褒めてますよ」

藤兵衛にからかわれ、清七は「こいつぁあ」と頭を掻いた。

そんなほのぼのとした座敷に、男のきつい声が響いた。

桃はどきりとし、周りの者たちも驚いた様子で一斉に声のほうへ顔を向けた。

声の主《ぬし》は店座敷の奥にいる染物屋の手代だった。

今まで気づかなかったが、絵描きの男が桃たちのそばまで来て、ずんぐりした体を四つん這いにし、太い首を伸ばして夢中で簪に見入っていた。

「茂吉《もきち》さん、あんた、わたしの話を聞いていなさるのかい」

「す、すみません」

叱られて、茂吉と呼ばれた絵描きは、すごすごと元の場所へ戻っていく。

「まったく仕様のない男で」

荒い声を出した手代は、場を取り繕うように愛想笑いを浮かべた。

それからしばらくしてふたりは帰っていったが、その後も番頭は腕を組み、並べた下絵をじっと見下ろしていた。

桃は簪を見ている輪からそっと離れ、番頭へ声をかけた。

「新しい手拭いの絵柄かしら？」

「ああ、桃お嬢さん」

番頭は腕組みを解《ほど》き、お嬢さんにまで刷り物を折らせてしまって、と詫《わ》びを言った。

「いいのよ、それより気に入るものがないの？」

「ああ、下絵でございますか。ええ、なんともこれが」

番頭は「ごらんになりますか」と桃に下絵を向けた。

「どれか染めの型におこせぬものかと思ったのですが」

桃は下絵をざっと見た。なるほど、みなこれといってぱっとしない絵柄だった。どれもこれもこぢんまりしていて、どこかで見たことのあるようなものばかりだ。

「これでは錦絵のお絵師になれないはずでございますよ」

「お絵師？」

「ああ、お嬢さんはご存じありませんでしたね」

事情が飲み込めない桃に番頭は、茂吉は以前、錦絵の修業をしていたのだと話した。

「お絵師のところに弟子入りもしていたんですがね。なんというお名だったか」

番頭は白髪まじりの頭をとんとん叩いた。

「ああ、そうそうたしか」

番頭が口にしたのは、読本《よみほん》の挿絵などでよく目にする絵師の名だった。役者絵でも人気がある。だから桃も「へえー」と驚いた。

「けどこれではねえ」

番頭は下絵を重ね、ぞんざいにふたつに折った。

内暖簾が揺れて女中の民が顔を出した。

「桃お嬢さん、ここでしたか」

お茶の稽古に出かける時刻だと言う。

「今いくわ」

桃は腰を上げた。里久はまだ簪を眺めている。そんな里久に清七がほほ笑んでいた。

桃は、今朝もまた廊下を走る里久の足音で目が覚めた。

店の仕事をしているのに、台所にまで立たなくてもいいのに、と足音を聞きながら毎朝思う。須万はもうなにも言わないが、やはり嫌な顔をし、箸の上げ下げに小言を言うのは相変わらずだ。そういえば、里久が店に出るようになって、ちょうどひと月になる。

この朝、里久が煮物の芋を膳の上に転がしても、須万はなにも言わなかった。珍しいこともあるもんだと桃が思っていたら、須万は桃に「話があるから後で部屋に来ておくれ」と告げた。

「おっ母さま、桃です」

桃は髪が乱れていないか合わせ鏡で確かめてから、須万の部屋の前に膝をつき、声をかけた。

「お入り」と返事があり、障子を開けたら、須万はもろ肌脱いで白粉《おしろい》を塗っている最中だった。

「あらごめんなさい」

桃は慌てて中に入り障子を閉めた。

「いいんだよ。ちょうど終わったところさ。それよりどうだい、白粉はよくのっていると思うかえ」

須万は化粧を施した顔を鏡から桃に向けた。

「どうって、うちのでしょ」

「丸藤」で扱っている白粉は極上品だ。値は張るが水の溶けもよい。もちろんのびもよく、艶も出る。現に須万の顔は艶やかに光っている。

「ええ、いつもと変わらずきれいだけど」

桃は答えた。

「そうかえ、ならいいんだよ」

須万はもう一度鏡を覗くと、「ところで呼んだのはね」と切り出した。

須万の話というのは、「大松屋《おおまつや》」から茶会の招きを受けたということだった。

「大松屋」は十軒店《じっけんだな》にほど近い、本石町《ほんこくちょう》にある醤油酢問屋で、娘は桃のお稽古仲間だった。

「里久の披露目もかねた雛《ひな》の節句に呼んだろ、そのお返しのお誘いなんだよ」

須万は「それでねぇ」と言いづらそうにつづけた。

「あちらさまでは、お前と、それに里久も是非にと言ってくれているんだよ。だからお前、里久と一緒に行っておくれでないかえ」

須万は窺《うかが》うように桃を見た。

「嫌よわたし」

桃はすぐさま断った。

「だって姉さんたら、お茶の作法なんてぜんぜん知らないじゃない。お稽古だってずっと怠けて、今じゃもうやめたも同然だし。それに、おっ母さまだってお手上げだって言ってたじゃありませんか」

里久が稽古を逃げ出すようになってすぐのころ、そんなに稽古が嫌ならわたしが教えてあげますよっ、と須万は一度里久に茶の手ほどきをしたことがあったのだが、里久がやっと点《た》てた茶をひと口飲んで、その不味《まず》さに美しい青眉を震わせて、それっきりだった。

「今度こそ、茶会までになんとか様になるよう、わたしが仕込むからさ」

須万は阿《おもね》るように桃に言う。

「でもおっ母さま、どうやって」

里久が素直に言うことを聞くとは思えなかった。

「だから花を活けさせたようにさ。あの子はお店の勤めと言えば渋々でもするから」

桃はずっと気になっていたことを須万に訊いた。

「ねえ、おっ母さま。どうして姉さんに店の小座敷に花を活けさすの」

須万だって自分の娘の未熟さを世間に晒《さら》すのは嫌なはずだ。

「人はねぇ、他人様《ひとさま》に見られてなんでも上達するものさ。呆れられたり、笑われたり、ときには怒られたり、そうやって悲しい思いをしながらいろんなことに気づいていくもんなんだよ。わたしはあの子の親ですからね、娘と一緒に恥を掻きますさ。だから今度のお茶会も、あの子にとってはいい機会なんだよ」

「でもぉ……」

桃は恥を掻きたくない。

「茶会といってもお点前《てまえ》をするわけじゃなし、よばれるだけだろ。だったらなんとかなるだろうさ。だから一緒に行っておくれ。向こうさんで里久が困ったら桃、お前が横にいて助けてやっておくれ。頼むよ、お前の姉さんなんだからさ」

「………」

母にそう言われれば、桃はもうなにも言い返せない。

桃は姉の里久とは幼いころに何度か会っていた。三つか四つのとき、母に連れられて行った品川の浜でだったと思う。ぼんやりとしか憶えていない。それが自分の姉だということも、あのときの桃にはわかっていなかった。

いや、三月《みつき》ばかり前に里久がここへ帰ってきたときだって、同じようなものだ。言い聞かせられてはいたものの、突然父が見知らぬ娘を連れてきた。正直そんな気持ちだった。いまだに戸惑っている。それは里久も同じだろうと桃は思う。桃がひとりで通う稽古の帰り道、時々橋に立つ里久を見かけるが、堀を眺める姿はどこか寂しそうだ。

長い間、両親と離れて暮らした里久を桃だって可哀想だと思う。思うけど――。

浜の暮らしがそうさせたのか、あの伝法《でんぽう》な物言いといったらどうだろう。自分のことを「おれ」と呼んだのにも、桃はぎょっとした。それもこのごろは減り、物言いもひところよりはだいぶましになってきた。けど、あのまっすぐすぎる気性といったら……。佐知江さんのときだって。人の悩み事に首を突っ込むお節介やき。鏡磨きも、刷り物も、こうと決めたらすぐ突っ走る。毎朝まだ夜が明け切らぬうちから起き出して、台所へどかどか走るのにも閉口する。

友達に会わせるのも、店表に立たれるのも、桃は嫌だった。恥ずかしかった。でも友達は里久を面白いと言って寄っていく。身内じゃないもの。自分の姉じゃないもの。お気楽でいいわ。そう桃は思う。しかしその身内のお父っつぁまは、里久の言葉に耳を傾け、里久が連れてきた鏡磨きの男を雇い入れた。番頭や他の奉公人たちも、なぜか耕之助までもが、里久を気に入っている。みんな里久に惹《ひ》かれてゆく。

里久が店に立つのだって、桃はすぐにやめると思っていた。

店に出た初日の夜、里久はあんなに苦しそうに呻《うめ》いていたから。呻いていたのはあの夜だけじゃなかったから。なのに里久は今も笑って店に立つ。

どうして――桃にはわからないことだらけだ。

里久とどう接していいのか、それも桃はいまだにわからない。

須万は黙り込む桃をよそに、襟足《えりあし》に塗った白粉の具合を合わせ鏡で確かめている。桃の目から見ても、須万の化粧は顔も襟足も手本のような出来栄えだ。

「それにしても白粉を塗るのも難儀だねえ。着物に袖を通したくても、半乾きだと汚れてしまうし、かといって肩を出しっぱなしは体が冷えるし、やれやれだよ」

須万は肩にそっと手拭いを広げると、紅猪口《べにちょく》を手にして化粧の仕上げにかかった。

お得意様とのおつき合い、これもお店のためだと須万が言い聞かせ、里久のお茶の稽古はその日の昼過ぎからはじまり、桃もつき合わされた。

八つ（午後三時ごろ）にようやく終わり、須万が青眉を吊り上げ、げっそりして奥座敷から出ていくと、里久は畳に突っ伏した。

「もうだめ……」

足を投げ出し呻いている。そんな里久を桃は呆れて見下ろした。

「姉さん、しっかりしてちょうだいよ。お茶会で恥を掻くのはわたしや『丸藤』なんですからね」

稽古中、里久は四半刻（三十分）ですら、正座をつづけられずにいた。

「んもうっ、しっかりして」

桃は里久のしびれた足をぱんっ、と叩いてやった。

「くうぅ……」

里久は新たな呻きを発し、悶絶《もんぜつ》する。

そんな里久を置いて桃はさっさと廊下に出た。

ぴしゃりと障子を閉めた途端、重い溜め息を吐いた。

おっ母さまはなんとかなると言いなさったけど、どうなんとかなるのかしら……。

あれではまだしばらく立てないだろう。里久の代わりに鏡を受け取っている長吉に知らせておこうと、桃は店へと向かった。

内暖簾を細く割り店を覗くと、いつも世話になっている髪結いの滝が、上がり端《はな》に浅く腰をかけていた。すぐに番頭が「お待たせしました」と滝に品物を持ってきた。

「ほんに急なことで」

番頭が言いながら滝に手渡したのは、黒い元結《もつとい》だった。弔《とむら》いのときに使われるものだ。

「ええ、まったくですよ」

滝は受け取り、これから弔いに参列する家を何軒か廻るのだと言って、ばたばたと足早に店から出ていった。長暖簾の間から少し見える表通りは、初夏の陽がさんさんと降りそそぎ、道は白く光っていた。その通りを何人もの足が忙《せわ》しなく行き交っている。大八車を曳《ひ》く車力の筋張った足、女たちの長い裾、願人《がんにん》坊主の後ろを犬がついてゆく。いつもながら賑やかな通りだった。だが桃は、そんな賑やかで眩しい陽が溢《あふ》れる外よりも、この薄暗い店暖簾の内が、いや、もっと暗い内暖簾の奥が好きだった。

桃はできることなら好いた人の女房になって、母の須万みたいに奥向きをしっかり守って暮らしてゆきたいと思っている。姉の里久が喜んでしているように、店表に立ちたいとは思わない。

「長吉」

桃はここへ来た本来の目的を思い出し、長吉を呼んだ。

机の前に座っている長吉は、表を見ている。その頭が右に左に動いていた。土間で鏡を磨いている彦作も同じだった。桃は目をまた表へ戻した。

通りを歩く人の足はいっこうに減らない。と、その中に何度も店前を行ったり来たりする同じ足があった。太い足が店前でとまったかと思えば通り過ぎ、また戻ってくる。店に入ろうかどうしようか迷っているようで、ふたりの頭はこの足を追っていた。

「お前さん、さっきからなんだい。怪しいなぁ」

外で大きな声がしたかと思ったら、姉と一緒に店前をうろついていた足が、つんのめるように中へ入ってきた。里久に背中を押されたらしい。

土間に立ったのはずんぐりした男だった。その男を見て、番頭が「おや」と声をあげた。桃もその男が誰だかわかった。

三日前になるか、染物屋の手代と来ていたあの絵描きだった。

「茂吉さんじゃないかい」

「なんだ、番頭さんの知り合いかい」

番頭は改めて里久に茂吉を紹介し、里久は「それは悪かったよ」と茂吉に謝った。

堀を眺めてきたのだろう、里久はさっきの情けない表情とは打って変わって、すっきりした顔をしている。

「ところであんた、今日はどうしなすった」

番頭が訊いても茂吉は「へい」と言ったきりで、もじもじしている。

「新しい下絵でも描いてきなすったのかい」

だが茂吉は「いえ」と困り顔で下を向いた。そんなこと考えてもみなかったという顔をして、「すみません」と頭を下げた。

「じゃあなんだい」

番頭は首を傾げる。里久も訝《いぶか》しげに茂吉の顔を覗き込む。

茂吉は額から大粒の汗を流し、ますますうつむく。が、時折顔を上げ、ちらちらとどこかを見ている。

桃は内暖簾の中から茂吉の視線を追った。茂吉が見ているのは、店の簞笥《たんす》のようだった。

ひょっとして——。

あの日の茂吉の態度を思い出し、桃にはぴんとくるものがあった。

土間でガマの油売りの蛙《かえる》のように汗を流す茂吉があまりに不憫《ふびん》で、桃は内暖簾から顔を出した。

「姉さん、そんなに見られたら言えるものも言えなくなるじゃない」

と里久を諫《いさ》め、茂吉にゆっくりと訊いてやった。

「なにかご入用なんでございましょ」

茂吉は桃を見、小さくこくりとうなずいた。ほっとしたようだった。

「それはそれは。で、なにがご入用なんでございましょう」

番頭は茂吉が客だと知り、すぐさまていねいな口つきになった。

「そのぅ……簪を」

茂吉は蚊の鳴くような声で答えた。

「簪……でございますか」

番頭はまじまじと茂吉を見た。

茂吉は「すみません」とまたうつむき、顔を真っ赤にする。

「謝ることないよ。じゃあさ」

と里久が言うそばから番頭が「お嬢さん、お客様ですよ」とたしなめた。

「あっ、そうか。ではお客様」

里久は改めて言い直し、

「一緒にお見立ていたしましょう」

そして、桃に向かって「ね、桃っ」と、にっと笑った。


どうしてこうなるのよ――。

溜め息が出た。

桃はすぐさま奥に引っ込もうとしたのだが、番頭につかまり、

「わたしからもお願いいたします。里久お嬢さんだけでは心許《こころもと》無くて」

と耳打ちされた。刷り物を折る手伝いならまだしも、店表に立って、それも客の相手を

するなんて。桃はきっぱり断った。しかし番頭は、「でしたら小座敷をお使いくださいまし」と言い、ささ、どうぞどうぞと背中を押した。

そして今、桃は小座敷で茂吉を前に里久と並んで座っている。

桃の溜め息が聞こえたのか、目の前でうつむいている茂吉がちらと桃を見て、また「すみません」と謝った。さっきからよく謝る男だ。

茂吉は小座敷に通されてからも緊張でカチカチだった。額から流れる汗を手の甲でぬぐっている。手拭いをつくっている者なのに、その手拭いの一本すら持っていないのかと呆れてしまう。

「それでどんな簪をお探しで」

桃は茂吉に尋ねた。とっとと決めてしまいたかった。

「どんな……と言われましても」

茂吉はまた汗をぬぐい、首をひねった。

再び出そうになった溜め息を、桃はぐっと飲み込んだ。

「いい女《ひと》に渡す簪でございましょ。どんなおひとなんです」

里久がずばりと訊いた。

茂吉の顔は金太郎のようにぼっと赤くなり、額から新たな汗が滝のように噴き出した。

桃はこめかみを押さえた。番頭に「うちで使っている絵描きといっても、今は大切なお客様。口のきき方に気をつけてくださいまし」と言われて、里久も言葉遣いは気をつけているようだが、言ってる中身は変わらない。

「申し訳ございません」

桃は茂吉に謝り、里久の袖を引いて詰《なじ》るようにささやいた。

「もう姉さんたら、鉄棒《かなぼう》引きなんだから」

しかし里久は桃にささやき返す。

「だって、どんなおひとかわかれば、こっちだって見立てやすいじゃないか」

そう言われれば、桃も、なるほどそれもそうかと思うから始末が悪い。

そこへ長吉が「失礼します」と振る舞い茶を運んできた。

大振りの茶碗《ちゃわん》に冷えた麦湯がなみなみとそそがれている。

よほど喉が渇いていたようで、茂吉はさっそく茶碗を手にし、一気に飲んだ。美味《うま》そうに喉を鳴らして飲んでいた茂吉だったが、ふいに「ごほっ」と咽《む》せて、咳《せ》き込みながら
「なんですかあれは」と床の間に飾ってある花を指さした。

里久が活けた花だった。今日は石楠花《しゃくなげ》が活けてある。

石楠花は、躑躅《つつじ》に似た赤い花をいくつも束ねたような花で、一輪だけ見ると、まるでつまみ細工の簪のようだ。だが床の間の花は、里久が花器の口いっぱいに隙間なくぎゅうぎゅう挿したものだから、まるで――。

「でっかい鞠みたいだ」

と茂吉がぼそりとつぶやいた。

そのあまりに的を射た例えに、桃も長吉も、ぷっと噴いた。里久だけがむすっとしている。それに気づいた茂吉は「す、すみません」と慌てて謝り、

「その、見ようによっちゃ、あ、赤提灯《ちょうちん》のようで」

なんて、さらにひどいことを言った。

「あかちょ、提灯って――」

長吉がますます笑う。

「もう、花は今関係ないでしょ。肝心なのは、どんなおひとかってことですよ」

里久が早口で無理やり話を戻した。

「柳橋《やなぎばし》の芸者なんです」

床の間の花で茂吉の緊張はほぐれたのか、茂吉は照れながらも、簪を渡す女のことを口にした。

「権兵衛名《ごんべえな》を亀千代《かめちよ》といいまして、齢《とし》はわたしと同じ二十三」

「芸者さんですか」

桃は驚いた。このもっさりした男の相手が粋筋《いきすじ》の女だとは思いもしなかった。いや、茂吉がひとりで勝手に逆上《のぼ》せているだけなのかもしれない。こちらの胸の内がわかったよう

で、茂吉は「亀千代とは幼馴染みなんで」と桃を見て頭を掻いた。

「あいつの家は貧乏で――」

茂吉は手の中の茶碗に視線を落とし、亀千代との間柄をぽつりぽつりと話しはじめた。

亀千代は幼い頃、その器量を買われて置屋《おきや》の養女にもらわれていき、そこで一人前の芸者になるよう仕込まれた。茂吉は茂吉で、小さいころから絵を描くことが好きで、茂吉が暮らした長屋の辺りでは絵の上手い子どもで知られていた。このままでは惜しいと大家が知り合いの地本問屋《じほんどいや》のあるじに口を利いてくれ、絵師の弟子となった。

もう会うこともないと思っていた亀千代に久しぶりに再会したのは、絵の師匠のお供で料理茶屋にあがったときのことだった。その日は亀千代も半玉《はんぎょく》として、姉芸者について別のお座敷に出ていた。

茂吉が手水《ちょうず》に行こうと廊下に出たら、通りかかった亀千代に呼びとめられた。

「もし、茂吉っちゃんじゃござんせんか」

すっかりきれいになった幼馴染みに茂吉は気づかなかったが、亀千代のほうは茂吉だとすぐにわかった。

「だって茂吉っちゃん、ぜんぜん変わってないもの」

そう言って亀千代は艶《あで》やかに笑った。

「あいつは可哀想なやつでして。もらわれていく前だって、いっつも妹を背負って、子守りばかりさせられていました。わたしはあいつが不憫《ふびん》で、よく地面に馬や猫や鳥を描いてやりました。そりゃあ喜びましてね」

料理茶屋で顔を合わせたのをきっかけに、それからふたりは度々会うようになった。

そのころの茂吉は、ただ絵が好きなだけではやっていけない修業のつらさを味わっていた。亀千代もまた三味線や踊り、小唄の稽古の明け暮れだった。ふたりは会うと慰め合い、励まし合い、

「わっちはきっと売れっ子の芸者になるよ」

「わたしもきっと絵師になってみせる。そんときは亀千代を描かせておくれ」

互いの夢を語り合った。

「うれし。きっとだよ、約束だよ」

「ああ、約束だ」

だがその関係も年頃になるにつれ、変わっていった。

亀千代は十七、八になるころには「舞いを踊らせたら亀千代」と言われるほどになり、贔屓《ひいき》の旦那衆もついて、言ったとおり売れっ子の芸者になっていた。

「そのころから慰め励まされるのは、わたしばかりになりました」

そればかりか、亀千代の世話になることも多くなったのだと茂吉は言った。

「絵の師匠のお供で料理茶屋に行くだろうし、人にも会うだろうからと、季節ごとに着物

を誂《あつら》えてくれましてね。それに筆や画仙紙《がせんし》、絵具など、どれもいい物を使え、けちけちするなと金まで用立ててくれました。こっちは懐寂しい修業の身。わたしもついつい甘えてしまって」

そんな亀千代を、他の芸者仲間は物好きだと笑ったという。

「そりゃあ、そうです。いつまでたっても一人前の絵師になれない男の面倒なぞみなければ、亀千代はとうの昔に自前の芸者になっていたはずなんですから。なのにわたしのせいで、いまだに置屋の抱え芸者です」

「よっぽど茂吉さんのことを好いていなさるんですよ」

里久が言った。桃もそうだと思った。長吉もうなずいている。

けれど茂吉は「さあどうだか」と肩をすくめた。

「幼馴染みだからほっとけなかっただけかもしれません」

現に絵師を諦めてからは、あまり会ってくれなくなったと茂吉は言った。

「けど、わたしもどうにかやっていけるほどの暮らしの目処《めど》も立ちましたし、そろそろ、そのぅ……」

「わかりましたよ。おかみさんになってくれと、想いを打ち明けるんですね」

長吉が先走って言うと、茂吉はまたぼっと顔を赤くした。

図星のようだ。

「そのときに、なにかあいつに似合いそうなものを渡してやりたくて。これまではしてもらうばっかりでしたから」

そして、なにがいいのか悩んでいた茂吉は、「丸藤」で簪を目にし、これならと思ったという。

「わたしの気持ちと一緒に受け取ってもらえたらと……」

茂吉は恥ずかしそうに、しかし自分の考えに小さく何度もうなずいた。

桃は里久と顔を見合わせた。これは責任重大だ。

「お、任せくださいっ」

里久は勢い込んで言う。が、

「桃、どんなのがいいんだろう。わたしにはさっぱりだよ」

と、へへ、と笑った。

「もう、調子だけはいいんだから」

桃は里久を横目で睨み、けれど考える。

芸者をしている女なら、すっきりとした平打ち簪がいいだろう。

「長吉」

桃は長吉に、帳場の後ろの箪笥に入っている簪を、すべて持ってくるよう頼んだ。

茂吉は目の前に並べられた簪をひとつひとつ手にとった。

牡丹に蝶《ちょう》、松葉に松ぼっくり、福雀、芸者にもってこいの三味線に撥《ばち》の趣向のものや、扇子をかたどった簪もある。どれも清七の簪だ。

茂吉は、桃の目にとまった珊瑚の南天の簪を手にとり、「さすが大したもんだ」と感じ入った。しかし迷いに迷った末、茂吉が亀千代にと選んだのは、里久が気に入っていた波に珊瑚玉で飛沫を表した、あの簪だった。

いいのが選べたと喜ぶ茂吉の横で、里久があからさまにしゅんとする。

身を飾ることに無頓着な里久が、はじめて目を輝かせ見つめた簪だ。商いとはいえ、目の前で人のものになるのは切なかろう。桃がそんなことを考えていると、喜んでいたはずの茂吉までがだんだんと暗くなっていき、

「あのぅ、どう言って渡せばいいんでしょう」

と、おどおどしだした。

「そこまで知りませんよ」

里久はにべもない。正座でしびれた足をさすりはじめた。

簪を横取りされ、いや買われてしまって、桃が思うよりへこんでいるようだ。

桃は苦笑しながら茂吉に言ってやった。

「素直にご自分の気持ちをおっしゃれば。格好つけた言葉より身に染みると思いますよ」

眉化粧を教えたすぐ後、佐知江が結納が決まったと伝えにやってきた。そのとき、一緒

になってくれたと言ってくれたと、うれし涙を流していた。

わたしも耕之助さんに好きだと言ってもらえたなら——。

桃は、ほんのりそんなことを想像する。

「な、なるほど」

茂吉が真剣な顔で聞いていた。

「へーそういうもんかい。さすが桃だねえ」

里久もしきりと感心する。

桃はなんだか胸の内を覗かれたようで、急に恥ずかしくなり「人のうけうりよ」とごまかした。

「じゃあ、ちょっとここで言ってみたらどうです?」

里久が茂吉に言った。

「へっ、なにをです」

「だから、その自分の気持ちというやつですよ」

「と、とんでもない」

茂吉はまた顔を真っ赤にし、両の手も頭もふった。

桃は呆れてささやく。

「姉さんったら、そんな無茶なことを」

「だって、ぶっつけ本番じゃあきっと言えやしないよ」

里久のささやきに、桃はまた、たしかにこの無骨な男ならきっとそうだろうと思ってしまう。茂吉自身もそう思ったようで、肩をすぼめてうなだれた。が、手にしていた箸をぎゅっと握りしめ、恥ずかしさと困惑がないまぜになった、なんともいえない顔を上げ言った。

「やってみます」

「そう、その意気ですよ。わたしを亀千代さんだと思って」

里久は嬉々として正座し直し、

「さあ、どうぞ」

普段は見せないすまし顔を茂吉に向けた。しかし茂吉は、

「あのぅ、できればそちらのお嬢さんのほうに……」

と桃を見た。

「亀千代はそりゃあ女らしいやつでして」

「ちょっとあんた」

里久は腰を浮かした。

「姉さん、お客様なんだから」

「だって桃ぉ」

「す、すいませんっ」

茂吉はぺこぺこ頭を下げる。その横で長吉が腹を抱えて笑っている。桃はなんだか頭が痛くなってきた。

それでも、それから一刻（二時間）ばかり、桃たちは茂吉が汗を流して、

「わ、わ、わたしは昔から――」

と、つっかえながら亀千代に対する想いを語るのを辛抱強く聞いてやった。

そのひたむきな姿に、桃はいつの間にか心の中で声援をおくる。

「今日はありがとうございました」

礼を言った茂吉は、まだまだ不安げだったが、少しは自信がついたようで、よい知らせができるよう頑張ると言って帰っていった。

第四章　茂吉の手拭い

しかし、それから五日経《た》っても、茂吉はなにも言ってこなかった。

「ねえ、あのひと、うまくいったのかしら」

桃は畳に突っ伏している里久に訊いた。

須万のお茶の稽古はつづいていた。

里久も半刻ほどはどうにか座れるようになったものの、須万が座敷から出ていくと倒れ込み、「桃、足がぁ」と悶絶《もんぜつ》するのは変わらなかった。

「あのひとって誰だよぅ」

畳に転がる里久が顔をしかめて見返してきた。

「ほら茂吉さんよ」

「あー、絵描きの。さあねぇ」

「さあねぇって」

「心配かい」

足をさすりながら里久は、にっと桃に笑う。

「別にそういうわけじゃないけど……」

しかしあれだけ亀千代への想いを聞かされたのだ。どうなったか桃だって気にもなる。音もなく障子が開いた。須万が戻って来たのかと、桃はどきりとした。また須万の長い小言を聞くのも、里久が怒られる姿を見るのも嫌だった。

「姉さん起きて」

桃は里久を小声で急《せ》かし、里久も慌てて半身を起こした。が、顔を出したのは女中の民だった。

「なんだ、お民か」

里久はほっとして、また畳にごろりと転がる。

「お稽古が終わったとお聞きしまして、お片づけに」

民は座敷に入ってきた。いつもなら、げんなりして畳に転がっている里久を見れば、

「あらあらまあまあ」と可笑《おか》しそうにころころ笑うのに、今の民は物思いに耽《ふけ》っていた。

炉の熾《おこ》った炭を炭壺《すみつぼ》に入れる手が時々とまる。

「お民、どうかしたの」

桃は民の顔を覗き込んだ。寝転がったままの里久も心配そうに民を見あげている。

「いえ、あの、たいしたことじゃないんですよ」

ただ、と言って民は火箸を持つ手を膝に置いた。

「ご新造さまに頼まれまして、てりふり町の翁屋《おきなや》さんへ使いに参りまして」

「あそこの饅頭《まんじゅう》はおっ母さまの好物だからね。売り切れで、おっ母さまに怒られでもしたかい」

里久が言うのを、姉さんたら、と桃は叱った。

民はふふ、と笑いを洩らしたが、またすぐに話を戻した。

「使いの行きに、中之橋に男がぼんやりと立っておりましてね」

半刻経っての帰り、まだ同じ場所に男は立っていたと民は言った。

「なんだか思いつめた顔をしていたもんですから、気になってしまって。それにあのずんぐりした男、どこかで見かけたような」

どこで見たんだったか、と民は考え込んだ。

ずんぐりした男――。

桃と里久は顔を見合わせた。

「お民、中之橋って言ったわよね」

桃はぱっと立ち上がった。

「桃、待っておくれ。わたしも――」

里久も立ち上がろうとしたが、しびれた足に力が入らず、そのまま畳にすてん、と転んだ。そんな里久を置いて桃は座敷を飛び出した。

桃はそのまま橋へ向かった。

中之橋のたもとに立てば、橋の真ん中にまだ男は立っていた。

やはり茂吉だった。

相変わらずずんぐりしてはいたが、少し痩せたようにも桃には見えた。

茂吉は堀を行き交う艀舟《はしけぶね》をじっと眺めている。その顔は怖く、目は虚《うつ》ろだった。

「茂吉さん」桃がそう声をかけようとしたときだ。茂吉が目をつぶった。茂吉の体はゆらりと揺れ、そのまま堀へと傾いた。

茂吉さん！　落ちる！

桃が声にならない声で叫んだとき、カカカカッ、下駄の音が後ろから桃を追い抜いていった。長い袂がひらりと舞い、茂吉の襟首をむんずと摑んだと思ったら、堀に大きく傾いた茂吉を橋の上へと引っ張り戻した。里久だった。

「馬鹿かお前は」

「丸藤」の台所の板間で、仁王立ちした里久が茂吉をどやしつけた。

茂吉はなにも言わない。黙ってその場にへたり込み、うなだれている。

「そんなに死にたきゃ、大川にどぼんといけってんだ。堀に飛び込んだって、艀舟の上に落ちるか、溺れたところを人足に助けられるか、どっちにしても笑い者になるだけだ」

「里久お嬢さん、もっとおやさしく」

民が茂吉のために茶を淹《い》れながら、おろおろ声で言う。

しかし里久は容赦しない。

「ふん、こんな男にやさしく言ったたって無駄さ。おれは命を粗末にする奴なんざ大っ嫌いだ。死にたくなくても死んでいく者だっている。それをこいつは――」

里久は茂吉をぎっと睨んだ。

桃は怒っている里久を見るのは、はじめてだった。そして里久の怒りの中に悲しみがあるのを、感じた。きっと品川の叔母を思っているのだろう。浜の言葉に戻っている里久を桃は叱ることはできない。民も里久の思いがわかったようで、もうとめない。

「ふん、どうせ亀千代って芸者に振られでもしたんだろ」

里久がそう言った途端、それまでずっと黙っていた茂吉の唇がへの字に歪《ゆが》んだ。うつむいている茂吉の目から大粒の涙が、ぼた、ぼた、と落ち、台所の板間に丸く滲《し》みた。

「愛想が尽きたと言われました」

茂吉の声は掠《かす》れていた。

やはり里久の言ったように、茂吉は亀千代に振られていた。

「茂吉さんの想いをちゃんと伝えたんですか」

桃は訊かずにはおれなかった。不器用だが、店の小座敷で亀千代への想いを切々と語っていた茂吉なのだ。

茂吉はこくりとうなずいた。その拍子にまた涙が板間に落ちた。

茂吉が手拭いの絵描きになってから、なかなか会ってくれないと言っていた亀千代だ。そこで茂吉は、亀千代の同朋《どうぼう》の芸者に、亀千代にお座敷がかかったら教えてくれと頼み込んだ。そして知らせを受けた茂吉は、お座敷が終わって料理茶屋から出てきた亀千代をつかまえ、つっかえながらも自分の想いを告げ、夫婦になってくれと簪を差し出した。だが亀千代は簪をちらっと見ただけで、

——断るよ。

そう言った。

——だってそうじゃないか。お前さんはわっちにお絵師になると約束したんだよ。わっちはそれを信じた。だからお前さんを助《す》けてもきた。けどどうだい、相談なしに勝手にやめちまった。今までのわっちの苦労はなんだったんだい。騙《だま》されたようなもんじゃないか。いいお笑いぐさだよ。なのに夫婦になってくれだって。はっ、呆れちまう。そんな男とどうして一緒にならなきゃいけないんだよ。

――絵師を諦めたのは悪かった。今だってそりゃあ、しがない手拭いの絵描きだ。けどよぉ、けど暮らしの目処《めど》なら。

――わっちを誰だと思っているのさ。亀千代姐《ねえ》さんだよ。柳橋の売れっ子芸者さ。そんなわっちにその、しがない絵描きの女房になれ、そう言うのかい。はん、悪いがごめんだね。

姐さん行きましょ、と同じ座敷に出ていた若い芸者が亀千代の袖を引いた。亀千代は茂吉に背を向けて歩きだした。が、つっと足をとめ振り返った。

――わっちの世話をしたいっていう旦那がいるんだよ。置屋の女将《おっか》さんもそうしろって言うのさ。そうすれば借金もきれいになるし、お座敷に着ていくものの心配もせずにすむってね。わっちももう二十三だ。それもいいかと思っているよ。

亀千代は、そう言うと行ってしまった。

「亀千代の言うこともっともです」

茂吉は涙と洟《はな》でぐちゃぐちゃだった。

「手拭いの絵描きなぞ――。手拭いなんて汗をふいて、濡《ぬ》れた手をふいて、雨が降れば傘の代わりになればいい。所詮、手拭いなんてそんなもの。そこにどんな絵を描こうが関係ない。錦絵のようにあのお絵師のあの絵を、と買い求められるわけでもない。うっとりと眺めてもらえるわけでもない。ましてや人気絵師のように贅沢をさせてやることなんて……。そりゃそうですよ。旦那に世話になるほうがよっぽど幸せだ。わたしなんぞと一緒になっても、細々と暮らしていくのがやっとだ。それなのに亀千代と夫婦になりたいなぞ、自分でもよく言えたもんだ。ひとりで浮かれて……今思い出してもちゃんちゃら可笑《おか》しい」

茂吉は汚れた顔のまま、自分を嘲《あざけ》るように「くくくっ」と笑った。

「お前、本気でそんなこと思っているのかい」

里久が茂吉をじっと見下ろして言った。

「本気でそう思っているなら、おれだってお前みたいな男、愛想が尽きるわ」

ちょっとこい、と里久は茂吉の胸ぐらを摑んだ。立たせて、そのまま店のほうへ引きずっていく。

「ちょっと姉さん」

桃も後ろから慌ててついていく。

里久がとまったのは内暖簾《のれん》の前だった。

里久はそっと暖簾を割った。

「ほら、ここから見てみろ」

茂吉に店の様子を覗かせた。

店内には女客が数人いた。大店の内儀《ないぎ》もいれば、鏡を持ってやってきた町屋のおかみさんもいる。みな品物を真剣に見入っている。

「こうやって来てくれた客は、懐具合と思案しいしい、けど楽しそうに選んでる。所詮だなんて気持ちで品物をつくったらお客に失礼だ。すすめるこっちだって迷惑だ」

里久の言葉を聞いているのかいないのか、茂吉は店の様子をじっと眺めたまま黙っている。と、「ごめんよ」と明るい声がして男が入ってきた。耕之助だった。

「まあ、耕之助さん」

桃はふたりを押し退《の》け、いそいそと店へ出た。

「やあ、桃ちゃん。桃ちゃんも店に立つようになったのかい」

耕之助は店にいる桃を見てちょっと驚いたようだった。

あらいやだ、と桃は思った。耕之助を見てつい出てきてしまった。違うんです、と桃は答え、すぐに奥へ引っ込もうとした。が、そんな桃に耕之助は、ありがてえ、と言った。

「よかったよ。桃ちゃんがいてくれたら大助かりだ。ちょっと待っててくんな」

耕之助は一旦外へ出てゆき、すぐにまた一人の男を伴って店内へ戻ってきた。

「うちで世話んなってる船頭の親父《おや》っさんなんだけどよ」

店におずおずと入ってきた男は、髪がそそけ、赤銅色《しゃくどういろ》に日に焼けた、いかにも船頭といった男だった。

「坊っちゃん、わしゃあやっぱり」

突っ立ったまま店内を見回した船頭は、女ばかりの客を見て気後れしているらしい。そんな男を耕之助は、「まあまあ」と桃の前に連れてきて、店の上がり端《はな》に腰掛けさせた。

「この親父っさんはな、今度久しぶりに郷《さと》に帰るのよ。で、娘に土産《みやげ》をと思ったんだが、はてさて年頃の娘になにがいいもんかと悩んでな。俺もここに連れてはきたが、さっぱりわかんなくてよ。桃ちゃんに相談に乗ってもらえるとありがてえんだが」

耕之助は桃に「頼むよ」と拝《おが》み手をした。

「わたしに？」

「ああ、だめかい？」

「そんな、だめだなんて。わたしでよければ」

耕之助さんがわたしを頼ってくれるなんて。桃はうれしくてたまらなかった。

「ありがてえ。親父っさん、一緒に選んでくれるってさ。よかったな」

「ようおいでくださいました」

桃は張りきって船頭を迎えた。

船頭はぽーっと桃を見つめている。

「きれいな桃ちゃんに見惚《みと》れているよ」

耕之助は愉快そうに笑う。

「まあ」

桃の頬は赤らんだ。それを隠すように、桃は「ちょっと」と手代を呼んで、持ってきて欲しい品を、あれこれと言いつけた。

「おいでなさいまし」

長吉が振る舞い茶を運んできた。

「おっ、長吉、頑張ってるな」

「へい」長吉はどうぞと愛想よく茶をすすめる。

耕之助が茶を飲みながら長吉と他愛ない話に興じている間、船頭は茶に手もつけず、手代が持ってきた品々を熱心に眺めた。

「手代さん、これはおいくらだね」

紅を指さし、簪《かんざし》をさし、手絡《てがら》をさした。

手代は順に値を言ってゆく。そのたびに船頭は目を剝いた。

「どうだい親父っさん、なにかいいもんはあったかい」

耕之助が空の茶碗を茶托《ちゃたく》に戻した。

「どれかお気に召すものはございましたか」

桃は船頭に訊ねた。

「へえ、どれもこれも娘が喜びそうなもんばっかしで」

しかし船頭は首をふり、

「だども坊っちゃん、せっかく連れてきてくれなすったが、やっぱりわしには過ぎた店だ」

と肩を落とした。

「わしの娘はな、わしが留守の間も、おっ母あとふたりで畑を守ってくれてるだ。いっつも汗や土まみれになってよ。だからちっとでも喜ばしてやりてえと思ったんだが」

どれもこれも高値で手が出ないという。

「お嬢さんにも、せっかく親切にいろいろ見せてもろたが」

船頭は店の上がり端から腰を上げた。「すまねえ」と桃に詫び、「坊っちゃん帰《けえ》りましょ」と耕之助に弱々しく笑った。

そんな男を耕之助は切なさそうに見上げる。よかれと思って連れてきたことが、かえって悪いことをしたと後悔している顔に桃には見えた。

「桃ちゃん、世話かけて悪かったな」

耕之助も腰を上げた。

「いえ……」

桃の胸はずきりと痛んだ。耕之助をこんな顔で帰したくはなかった。なによりも船頭を気落ちさせたまま帰したくはない。でもどうしたらいいの――。桃は途方にくれ、内暖簾の向こうにいる里久に振り返った。

里久は茂吉と一緒に暗い廊下にしゃがんで、じっと静かにこっちを見ていた。

姉さんどうしよう——。

そう桃が心の中で語りかけたときだった。里久がふっと笑い、茂吉の肩に手をおいた。

あっ——。

「あの、ちょっとお待ちくださいまし」

桃は店を出ていこうとしている耕之助と船頭を呼びとめた。

そして、急いでそばにいる長吉に、「あれを持ってきて」とささやいた。

「へいっ」と長吉が元気いっぱい返事をした。


「あの、こちらはいかがでしょう」

耕之助と船頭を上がり端に再び座らせ、桃は長吉に持ってこさせた品をずらりと並べた。

それは茂吉の絵が描かれた手拭いだった。

「こりゃあ手拭いだがね……」

船頭は正直がっかりしたようだった。

しかし桃は声を強くして言った。

「ええ、手拭いでございます。でも『丸藤』の手拭いは、そんじょそこらの手拭いではございません。ひとつひとつ、絵描きが丹精《たんせい》込めて描き、職人が染めたものにございます。

ささ、遠慮なさらずどうぞごらんくださいまし」

桃は次々と手拭いを広げた。山水画、花、美人画、名所絵——さまざまだ。

船頭はその中から一本の手拭いを手にした。

梅の古木だった。枝々に花が咲き誇る姿が布いっぱいに描かれている。

「ほう、こりゃあなんとまあ見事なもんだ」

値を教えると、船頭の顔は輝いた。

「それならわしにも買える。こだな手拭いなら娘も喜ぶだろうて。坊っちゃん、わしゃこれにするだよ」

船頭は、さっき店を出て行こうとしたときとは打って変わって大喜びだ。ようここに連れてきてくれたと耕之助に礼を言い、

「お嬢さん、ありがとうござりやす」

と桃に何度も頭を下げた。

桃は安堵《あんど》というだけではたりない、満ちたりた気持ちに包まれた。

「やっぱり桃ちゃんに頼んでよかったよ」

そんな耕之助の言葉も心底うれしくて、ふたりを見送った後もしばらく余韻に浸っていた。

そして振り返ったときには、内暖簾のそばに誰の姿もなかった。

店から奥へ進むにつれ、すすり泣きが聞こえてきた。

台所の板間で茂吉が目を真っ赤にしながら里久に話していた。

「あの梅の花びらはひとつひとつ、息を詰めて描きました」

「うん、あの親父っさんも喜んでくれたね。いい仕事をしたら誰かがわかってくれるもんだよ」

よかったなぁ、と里久は茂吉の肩を揺する。

茂吉は感極まり、泣き声はますます高くなる。

「泣くなよー、ほら、洟《はな》をふいて」

里久が台所の入口に立つ桃に気がついた。

やれやれ大の男がこれだよ、と里久の目は笑っていた。

そして里久は、桃に向かって大きく口を動かした。その口は声に出さず、

「よくやったね、桃」と言っていた。


桃たちは本町《ほんちょう》二丁目の日本橋北通りを歩いていた。

今日は「大松屋」での茶会の日で、その帰り道だった。

まだ明るいと思っていたのに、薄曇りの空は早くも茜色《あかねいろ》に染まりはじめている。そういえばさっき夕七つ（午後四時ごろ）の鐘が鳴っていた。道沿いの煙管《きせる》屋や仏具問屋、合羽

問屋の表は賑わってはいるが、通りを行き交う人の足は、心なしか早くなったように見える。

桃も早く家に戻りたかった。が、そうはいかなかった。

長吉に脇を支えられて里久がよろよろと歩いているものだから、進んではとまり、とまっては進みで、一向に家にたどり着かない。

「ねえ、もっと早く歩いてよ。陽が暮れちゃうわ」

桃は後の里久を急かした。

「桃、待っておくれよぅ」

情けない里久の声が返ってきて、桃は盛大に溜め息を吐《つ》いた。

でもまあ、しかたがないと言えばしかたがなかった。

家から出るとき、里久は母の須万にこんこんと言われていた。

「いいかい、とにかくじっと座っているんだよ。向こうのお内儀さんになにか訊かれても、はい、か、いいえで答えて、あとはにっこり笑っているのだよ。いいね、わかったね」

そして里久は今日半日そのとおりにした。

茶会の間、里久がまともに喋ったのは、これも須万に何度も教えられた、

「里久でございます。今日はお招きありがとうございます」

だけだった。

「まあ、なんて大人しいお嬢さんだこと」

「大松屋」の内儀が、ほほほと笑う傍らで、一緒に招かれていたお稽古仲間の娘たちは、素の里久を知っているものだから、可笑《おか》しいやら、可哀想やら、なんとも複雑な顔をして茶や菓子を口にしていた。とにもかくにも、桃も今日の里久はよくやっていたと思う。

「ほら、わたしにもつかまって」

桃は引き返し、長吉が支えるのとは反対の腕を持ち、足がしびれてまだまともに歩けない里久を助けた。

「桃ぉ、帯が苦しいよ。あの小母《おば》さん、何杯茶を飲ませりゃ気がすむんだよ。げっぷまで茶の味がしてもううんざりだよ」

「そうね。まあ姉さんにしてはよく頑張ったわ」

桃は長吉とくすくす笑う。

三人の横を裂《き》れ売りが通り過ぎてゆく。担いでいる細長い棒の両端には、何枚も柄違いの布が下がり、夕方の少し涼しくなった風に揺れている。

その布を見ていたら、桃は茂吉を思い出した。茂吉はどうしているのだろう。あれからふっつり姿を見せない。

「茂吉さんは、どうしていらっしゃるでしょうねぇ」

里久の脇から顔を出している長吉が、額に汗を浮かばせて言った。裂れ売りを眺めている桃が、茂吉のことを考えているとわかったようだ。

そうね、と言いかけたとき、里久が前のめりになった。

「ちょっと姉さんしっかりして。もうじき家だから」

「もうだめ、気持ち悪い……」

このまままっすぐ進み、室町《むろまち》二丁目の角を左に折れ、本両替町《ほんりょうがえちょう》通りの道を堀に向かって東に進めば「丸藤」だった。だが今の里久に気張って歩けというのは無理のようだ。

「お嬢さん、こっちから行きましょう」

その方が少しは近道だと、長吉は横道を目で示した。浮世小路と呼ばれる道だ。

「そうね、そうしましょう」

桃もすれ違う人に、じろじろ見られるのがつらくなってきていた。

道を曲がると表通りの喧騒《けんそう》が消え、料理茶屋の黒板塀がつづいていた。下働きの男が玄関に打ち水をしている。

つっと長吉の足がとまった。

「桃お嬢さん、噂《うわさ》をすればなんとやらですよ」

転ばぬように足許に気を取られていた桃は、顔を上げた。

「ほらあそこ」と言われて見れば、道の数間《けん》先にずんぐりとした男と、芸者が立っていた。

男は茂吉だった。するとむかい合っている芸者は――。

「あれが亀千代さんですかね」

きっとそうだと桃も思った。きれいな女《ひと》だった。着物は藤紫の地に蔓草《つるくさ》の裾模様。褄《つま》を取っての立ち姿は、さすが粋だった。

ふたりは深刻な様子だ。

「なにを話しているんでしょう。なんだか気になりますねぇ」

「ねえ長吉、あそこ見て」

ちょうど金魚売りが出ていた。担いでいた柄《え》のついた平たい桶《おけ》がふたつ、今は道の端に並べて置かれている。そばで売り主の男が汗をふいて一服していた。

桃がなにを言いたいか長吉にはわかったようで、桃を見て、にやぁ、と笑った。

「いきますよ」

「ええ、いいわよ」

うなずき合い、ふたりは桶を目掛けて「それっ」と里久を引きずるようにして走った。

「えっ、なに、なに」

「姉さん、しっ」

桃と長吉は、里久をはさむようにしてしゃがんだ。

「あらかわいい、ねえ見て長吉」

「おや、ほんとうですねえ」

いかにも桶の中の金魚を見ている素振りをして、道の先の茂吉と亀千代の話し声に耳をそばだてた。しかし、ぼそぼそ言い合っている声はここまで届かない。

「ちょっと遠すぎたかしら」

目を戻せば、桶の柄に金魚玉が三つ、ぶら下がっていた。ビードロの玉の中に金魚を一匹ずつ入れたもので、それぞれの小さな玉の中で三匹の金魚は尾をひらひらさせている。

「どうしても詫びたかったんだ」

突然、茂吉の声が鮮明に聞こえてきて、桃はまた道の先に目を向けた。

「わたしは、お前に黙って絵師になるのをやめちまった。いや、諦めちまった。あんなに力になってくれたのに……すまない」

「ふん、結局つらいことからあんたは逃げたのさ」

「ああそうだ。わたしは逃げた」

お前には腕がないと言われつづけた日々だったと茂吉は言った。

「若い弟子たちがどんどん追い越していく。惨《みじ》めだったよ」

「だったら絵なんかきれいさっぱりやめたらよかったんだ。なのに未練たらしくだらだらと」

「今まで絵だけで生きてきた。他になにができる。絵にしがみつくしかなかった」

桃は耳を塞ぎたくなった。横道に曲がったことを後悔した。茂吉の声はまだつづく。

「そのしがみついた手拭いの下絵描きも、ほんと言うとこのごろはうまくいってない。絵を突っ返されることが多くなった。それでもお前と一緒ならって。けどお前にも振られて……いっそ川に飛び込んでやろうと思ったよ」

亀千代がぎくりとしたのがわかった。

「大丈夫だ。もうそんなことは思わない。だってわたしはわかったんだよ」

茂吉は「丸藤」での出来事を亀千代に話した。船頭が自分の描いた手拭いを買い求めてくれたことを。

「娘にいい土産ができたと泣いて喜んでくれてな。うれしかったよ、ものすごく。絵が描けて、その絵を人に喜んでもらえる——ああ、なんて幸せなことだ。そうわかったんだ。手拭いで汗をふいて、濡れた手をふいて、雨が降れば傘の代わりになって。でも時には、ふくのは涙かもしれねえ。そんとき、わたしの描いた絵がほんの少しでも慰めになってくれたら、そう思ったんだ」

なあ亀千代、と茂吉は亀千代を呼んだ。

「わたしはこれからも手拭いの下絵描きでやっていくよ。お前を女房にできないのは今でもつらいが、そう決めたんだ。それが言いたくて今日は会いに来た」

それとこれを渡したくてと、茂吉は懐から手拭いを出して広げた。

夕風に揺れる手拭いは、舞を踊る芸者の姿が描かれていた。伸ばした指先のはるか上に三日月が浮かんでいる。

「お前を描くって約束していたからな。それに、せめてこんな男がいたってことを憶《おぼ》えていてほしくて」

茂吉は照れ臭そうに、そして寂しそうに笑って、亀千代の手に手拭いを握らせた。その亀千代の手が、茂吉の胸をぶった。

「あんたは、わっちのことなんかちっともわかっちゃいない！　……いっつも勝手にひとりで決めて」

亀千代はまた茂吉の胸をぶつ。

「わっちはね、絵描きが嫌いであんたを振ったんじゃない。いじけているあんたが嫌いだったんだ。誰も彼もがお絵師になれるわけじゃない。そんなことわっちだってわかっているさ。お絵師がだめなら次の道に進めばいい。なんも恥じることじゃない。だから自分の決めた次の道に胸を張ってほしかったんだよ。今のようにさ」

「亀千代……」

「夫婦になってくれって言ったあんときだって、手拭いの絵描きでなにが悪い、文句あるかって、怒りゃよかったんだ」

「亀千代……」

「なんだよ、さっきから亀千代亀千代って」

亀千代はまた手を振り上げた。その手を摑んで、茂吉は亀千代を抱き寄せた。

「亀千代、すまない」

「……いい絵じゃないか」

そう言ったっきり、亀千代は茂吉の胸で涙に咽《むせ》んだ。

「これって、めでたしめでたしってことですか」

長吉が小声で桃に訊いた。

「まあ、そういうことね」

「男と女ってなんだか面倒臭いものですねぇ」

長吉のこまっしゃくれた物言いに、桃は笑いながらもほっと胸を撫で下ろした。

「あ、桃お嬢さん、里久お嬢さんが」

いつの間にか、里久は金魚の桶の柄に額をくっつけ眠りこけていた。

「あらやだ姉さん、起きてよ。もうじき家なんだから」

「駕籠《かご》を呼んできます。ここで待っていてください」

長吉が駆け出した。

「姉さん起きてってば」

「もう茶はいらないようぅ」

里久は苦しそうに呻《うめ》く。

そんな里久を見て、桃はふと思った。もしかしたら姉さんはみんな見越して、茂吉さんに店を覗かせたのかしら。しかし桃はいや、と首をふる。

「そこまで考えてのことじゃないわね」

ただ感じるままにまっすぐ動いたまでだろう。

えっほ、えっほと声がして、長吉が駕籠と一緒に戻ってきた。

「ほらお嬢さん帰りますよ」

ぐったりしている里久をそっと駕籠に乗せている。

桃は茂吉に振り返った。

茂吉は「丸藤」で選んだ簪を、亀千代の髪に挿してやっているところだった。

「おじさん、これひとつくださいな」

桃は金魚のビードロ玉を指さした。

「そいじゃ、よござんすか。行きますよー」

駕籠搔きの掛け声とともに、里久を乗せた駕籠が持ち上がった。

第五章　つやつや花白粉

五月の衣替えで、着るものも袷《あわせ》から単《ひとえ》になった。

それを待っていたかのように、急に蒸し暑くなり、このところ雨の日がつづいていた。

どうやら梅雨に入ったようで、今日もまた朝から雨だった。

濡れた中庭の木々は瑞々《みずみず》しく、緑の葉はいっそう濃く、その葉先から滴る雫《しずく》まで葉色に染まっていた。茶会の日、目が覚めたら枕元に置いてあった金魚玉の金魚も、今は庭にある大きな水鉢の中で雨を喜ぶように盛んに泳いでいる。

しかし人にとっては雨は厄介のようで、道はぬかるみ、いつも行き交う大八車も今日は見えず、町中が雨に包まれ静かだった。

「丸藤」も朝から客の入りはわるかった。手代頭が小間物の荷を背負い、御屋敷廻りに出かけている他は、皆、所在なげに過ごしている。鏡磨きの彦作はぼんやりと外の雨を眺めているし、手代はさっきから乱れてもいない手絡《てがら》を畳み直している。長吉は来ない客のために振る舞い茶の用意をして、店隅の茶釜の前にちんまり座っている。

里久も紅猪口《べにちょく》に紅を塗っていたのだが、今日の分はすっかり塗り終えてしまい、手持ち無沙汰で暇にしていた。

白粉《おしろい》の包みを数えていた番頭が、帳場から「はあー」と盛大に溜め息を吐《つ》いた。

「まだこんなにあるのかい」

手代が「へえ」と答え、御屋敷廻りに出ている手代頭が五つほど持っていったと番頭に告げた。

「なんだい、じゃあこの月に入ってほとんど売れてないってことじゃないかい」

番頭はますます渋《しぶ》っ面《つら》だ。手代は困り顔でまた小さく「へえ」とうなずく。

「仕方がないよ。この雨つづきだ。お客が来ないのは誰のせいでもないからね」

里久は、陰気な空気を払うように明るく言った。

手代はほっとしたように里久に笑ったが、番頭は「いいえ」と渋っ面のまま首をふった。

「他の品もそうならわたしだって雨のせいだと思えます。ですが白粉だけなのですよ、売れていないのは。それもここ最近はとくに」

ほらこのとおり、と番頭は、帳場の机に山積みにされている白粉の包みを抱えてみせた。

「この品になにか売れない理由でもあるんでしょうか」

番頭は包みをひとつ手に取り、つくづく眺める。

「さあ、わたしは白粉をしないからねぇ」

そう言うと番頭は、

「あのぅ、前からお伺いしたかったのですが、里久お嬢さんはどうして白粉をなさらないので」

と、今度はまじまじと里久の顔を眺めた。

里久はまだ化粧におっかなびっくりだ。それに、

「肌の浅黒いわたしが白粉を塗ってもねえ」

「ああ、なるほど」

番頭は大いに納得した。

里久はぷっと頬を膨らませた。嘘でもそんなことはございませんよ、とかなんとかふつう言うだろう。手代は里久からすっと視線を逸《そ》らし、釜の前で長吉が「くくっ」と笑う。

番頭は里久にお構いなしに、「では白粉のことはあまりご存じございませんでしょう」と講釈をたれはじめた。

「白粉には軽粉《はらや》（水銀白粉）と呼ばれるものと、鉛白粉《えんぱくふん》がございましてね」

軽粉は御所白粉《ごしょおしろい》と呼ばれ、名のとおり身分の高い方々に使われている。大方の者が鉛白粉を使っていて、「丸藤」が商っているのもこの鉛白粉だと番頭は話した。

「その鉛白粉にも格がございまして、いちばん上から生白粉《きおしろい》、その次は役者が使う舞台香、いちばん下が唐の土《とうのつち》という白粉で、『丸藤』で扱っているのはもちろん、最上級の生白粉でございます」

番頭は得意気に胸を反らせた。しかしすぐに、

「なのにいったいなにがいけないんでございましょうねえ」

と、手にしている白粉に目を落とした。

そういえば、と里久は思った。

桃の友達も最近白粉を買いにこない。

「ねえ、ひとつ貰ってもいいかい」

「ええ、ようございますとも。お塗りになられるんでございますか」

番頭は白粉の包みを一つ里久に差し出した。包み紙には「淡雪《あわゆき》」と銘柄が墨書きされている。

「ううん、化粧のことなら桃だからね。ちょっと訊いてくるよ」

里久は白粉の包みを胸に、桃の部屋へ向かった。

雨はまだ降りつづいている。

桃の部屋の障子は開け放たれていて、部屋の前に置かれた蚊遣り《かや》から煙がのんびり立ち

昇っていた。

「桃いるかい」

里久が中を覗くと、桃は襦袢《じゅばん》に涼しげな夏襟《なつえり》をつけていた。そういえば今朝、母の須万に早く替えておけと言われていた。几帳面《きちょうめん》な桃はさっそくしているようだ。

「おっ母さまが、姉さんにはお針の指南もいるのかしらって、言っていなさったわよ」

桃は手を動かしながら、ちらと里久を見る。

「大丈夫だよ。お針なら任せておくれ」

「あらそうなの」

桃は意外そうに手をとめた。

「ほら、品川のおっ母さんは寝ついていたろ。だから代わりにわたしが兄さんたちの着物や半纏《はんてん》を縫っていたんだよ」

褒められた出来ではなかったが、それは黙っておいた。茶会が終わって、やっとお茶の稽古から放免されたというのに、またぞろお針の稽古ではたまらない。嘘も方便というやつだ。

「そう」

亡くなった叔母の話になり、しんみり顔の桃だったが、「それで?」と小首を傾げた。

相変わらずきれいだと里久は見惚《みと》れた。

「なにか用があったんじゃないの」

「あっ、そうそう、忘れていたよ。これなんだけどね」

　里久は桃の前にいそいそと座り、包みを見せた。

「うちの白粉じゃない」

「そうだよ。この白粉がこのごろなぜか売れないって、番頭さんが嘆《なげ》いていてね。で、化粧のことなら桃だろ。だから訊いてみようと思ってね」

「ああ、それで」

　桃は合点がいったとうなずいた。

「少し前に、おっ母さまも白粉はよくのってるかって、わたしに言いなさったことがあったのよ。きっとお父っつぁまに品定めを頼まれたんだわ」

「だったらお父っつぁまも心配しているってことだね。それで桃、白粉はどうだったんだい？」

「ええ、きれいに肌になじんでたわ。うちのは生白粉の極上品ですもの」

「そうだよねぇ」

　番頭も品物には胸を張っていた。

「だったらどこがいけないんだろうなぁ」

　里久は白粉の包みを眺めた。

「あら姉さん、うちの白粉の品になにか訳があるから売れないいんじゃないわよ。それに売れてないのはうちの白粉だけじゃないと思うわ」

他に「丁子香《ちょうじこう》」「白牡丹」「小町白粉」、役者が出してる「歌舞伎香」など、白粉の銘柄はさまざまあるが、どれもあまり売れてないんじゃないかしらと桃は話した。

「桃……、桃はひょっとして売れない訳を知っているのかい」

「ええ、たぶんね」

桃は事もなげに言った。

「なんだい桃、だったら早く教えておくれよ。いったいどんな訳があるんだい」

里久は互いの膝があたるほど桃ににじり寄った。

「ちょっと姉さん危ないわよ。わかったわよ、言うわよ」

桃は慌てて針を針山に戻した。

「あのね、今は白粉といえば仙女香《せんにょこう》なの」

「仙女香？」

「そうよ、今は誰でも仙女香を欲しがるのよ。姉さん仙女香知らない？　……わよね」

里久はこくりとうなずいた。

「まあそうよね。京町《きょうまち》の坂本屋《さかもとや》が前から出してる白粉なのよ。仙女って歌舞伎の人気女形《おやま》の名がついているもんだから、世間じゃよく知られているの。でもね」

そう言って立ち上がった桃は、文机《ふづくえ》の上の千代紙が張られた箱を持ってきて、その蓋を開けた。

「ほらこれよ」

桃が中から取り出したのは数枚の錦絵だった。

これも美人画というのだろうか。どの女も化粧をしている真っ最中、それも白粉を塗っている絵だった。

「ここを見て」

桃は、襟足に塗った白粉の具合を、合わせ鏡で確かめている女の絵を指さした。

「あっ」

鏡の後ろに白粉の包みが描かれていた。その包みには「美麗《びれい》仙女香」と銘柄が書かれていた。

懐中鏡を手に白粉を塗っている女の絵にも、「美麗仙女香」の包みが描かれている。化粧を終え、足の指に灸《きゅう》をすえる女が描かれた錦絵にも、女の後ろにある鏡台には「美麗仙女香」の包みがあった。

「ね、こうやって美人が塗っている白粉が美麗仙女香だと、いっそう欲しくなるでしょ。この白粉を塗ったら、わたしもこんな風になれるのかしらって」

「うまいもんだねえ」

本当にうまいもんだと里久はつくづく感心した。

歌舞伎役者の名を白粉につけるのにも驚いたが、単なる引札《ひきふだ》ではなく、こうして美人画の錦絵に品物を描くことによって、女の手に入れたいという欲を掻き立てる。きれいになりたいという欲を掻き立てる。

「このごろこんな錦絵がどんどん出てるのよ。それに欲しくなるのは絵に惹かれてばかりじゃないの。十包みより多く買えば、三座の役者直筆の扇子《せんす》をくれるっていうのよ」

友達はさっそく手に入れて見せびらかしていたと桃は悔しがった。

「わたしだって家が小間物商でなかったら買いにいってるのに」

桃は恨めしそうに錦絵の女たちを眺めている。

「そんなこと言って、このままうちの白粉が売れなきゃ困るよ。なんとかしないと」

「じゃあまた白粉の塗り方でも刷ってみる？」

「それもいいけど……他になにかないかなぁ。仙女香に太刀打ちできるような、なにか」

「太刀打ちって……錦絵にまで描かせた品と。姉さん本気で言ってるの？　そんなことできっこないじゃない」

「やってみなきゃわかんないよ」

「はいはい。けどまた巻き込まないでちょうだいよ。聞いてる？」

里久は聞いていなかった。なにか案はないかと、里久の頭はもうそのことでいっぱいだった。しかしなにも思いつかない。

　里久は錦絵をじっと見る。絵の中の女たちはみな澄まし顔だ。と、その中にひとつだけ他とは違う絵があった。

「これだけ仙女香が描かれていないね」

「ああ、これ？　よく気がついたわね。どれもこれも仙女香だらけだから、描かれていない絵を意地になって探したのよ」

　桃も欲しいだなんて言っておきながら、本当のところは仙女香ばかり人気があり、面白くないのかもしれない。素直じゃないんだからと思う反面、里久はうれしかった。

「それにしても、こんな絵をよく買えたね。わたしはとても買えやしないよ」

　この絵の女も、襟足の化粧の具合を合わせ鏡で確かめているのだが、その姿はもろ肌を脱いで、両の乳も露《あらわ》だった。思わず顔が赤くなる。

「そう？　きれいじゃない。こんな格好ふつうよ。そうしないと白粉なんて塗れやしないもの。それにへたに隠して着物が白く汚れるのも嫌じゃない」

「けど乳を丸出しだよ！　そっちのほうが嫌だろう」

「誰も見てないわよ。姉さんったら変なところで恥ずかしがりやなのね」

「いや見てるよ。こうして絵になってるんだから」

　桃は苦笑した。

「手拭いを肩に広げたりもするのよ。おっ母さまは寒いからってそうしていなさるわ。でも、顔に白粉を塗ったり、この絵のように襟足の化粧の具合を鏡で見たりして腕を動かしていると、すぐずり落ちちゃって、結局役に立たないのよ」

「難儀なもんだねぇ。なにかないかなぁ。隠せて、寒さしのぎや着物の汚れよけにもなって、肩から落ちなくて……」

里久は自分の言ったことにはっとした。

「ねえ桃、うちの白粉にそういうものをつけてみたらどうだろう。そうだねぇ……例えばだけど、手拭いを少し巾広《はばひろ》にしたようなものはどうだろう。肩から胸や背中をすっぽり覆うような。落ちない工夫もなにかしてさ」

「あら、いいじゃない。役者の直筆扇子に張り合おうっていうわけね。なら、肌に触れても白粉が剝《は》げないように、布はもっと薄手のほうがいいんじゃないかしら。でもそれじゃあもう手拭いって言わないわね、いっそのこと、そうねぇ、『肩掛け』にしたらどう」

「肩掛け……なるほど。うん、いいね。じゃあその肩掛けに店の名と白粉の銘柄も入れられないかな」

「だったらまずは染物屋さんに相談してみないとね。茂吉さんにも話してみたら」

「そうだね、さすが桃だよ」

里久は興奮した。鏡磨きの彦作に来てもらい、店に客足が戻ったときに感じたような、あのときの気持ちが蘇《よみがえ》ってきた。

「さっそくお父っつぁまに話してみよう。ほら行くよ」

里久は桃の手首を摑んだ。

「ちょっと、巻き込まないでってって、さっき言ったばかりでしょ」

「またまたぁ、楽しいくせして。目が輝いているよ」

迷惑そうにしているが、桃の目がいきいきしていることも、里久の気持ちを駆り立てる。

「ほら半襟なんてあとあと。早く」

「ちょっと姉さん」

里久は桃を引っ張りながら、藤兵衛のあるじ部屋へと走った。


長吉に呼びにやらせた茂吉が、雨の中、蛇《じゃ》の目《め》を差してすぐに駆けつけてくれた。店の小座敷に招き入れ、藤兵衛に番頭、桃がそろうと、里久はさっそく茂吉に「丸藤」の白粉が売れず、その原因が仙女香であることを話した。

「桃に教えてもらったんだ。桃、みんなにも見せておあげよ」

里久にうながされ、桃は部屋で里久に見せた錦絵をみんなの前に並べた。

「ああ、これですか」

茂吉がその中の一枚を手にした。

「わたしも、こんな錦絵をよく見かけます」

「実はわたしもね」

藤兵衛は懐に手を入れた。錦絵が出てくるものとばかり思っていたら、藤兵衛が取り出したのは、当の仙女香だった。

「お父っつぁま、これは」

藤兵衛は「今さらだが買ってきたのだよ」と苦く笑った。

皆が一斉に身を乗り出し、藤兵衛の手にある仙女香に見入った。

「開けてみてもいいかしら」

欲しがっていただけに、桃は藤兵衛が渡すが早いか、白粉の包みを広げた。すぐさま中身を摘《つま》んで指の腹で練っている。

「品は悪くないわね」

「これで一包み四十八文だ」

藤兵衛は言った。

四十八文といえば屋台のかけ蕎麦《そば》三杯分の値だ。

「白粉は日ごろ使うもんだ。うちの白粉も質の割に値は抑えているんだが」

それでも仙女香の二倍ほどの値だと、藤兵衛はつづけた。

里久は、包んである畳紙《たとうがみ》に大いに興味をそそられた。

畳紙には、「いろを白くし、きめをこまかにす、はたけ、そばかすによい。できものの跡を早く治す」など、効能が書かれている。

「まるで薬だね」

里久が言うと藤兵衛はうなずいた。

「白粉はもともと薬として広まったのがはじまりなんだよ」

藤兵衛はもう一つ懐から取り出した。こちらは仙女香の引札だった。

そこにはでかでかと「お顔の妙薬　美麗仙女香」とあり、ここにもしっかりと効能が記されていた。

「なるほどねえ」

妙薬とあれば、仙女という名と相まって、錦絵に描かれた美人のようになれる期待も大きかろう。そして誰もが憧れる役者の扇子だ。これでは欲しいと思わないほうがおかしいというものだ。それに効能を畳紙に書くなんて――。江戸の町には、なんとすごいことを思いつく者がいることか。里久はつくづく感心してしまう。

「旦那様、申し訳ございません」

それまで黙っていた番頭が、畳に手をつき藤兵衛へ深々と頭を下げた。

「わたしの不徳の至りでございます。こんなに世間で騒がれているものを。いえ、引札も、錦絵が出ていることも存じておりました。ですが、絵に描くことでこれほどまでに人気が出ようとは。まさか『丸藤』の白粉の売り上げにまで響くようになるなどと夢にも……。考えが甘うございました。この『丸藤』の番頭を仰せつかっておきながら……お詫びのしようもございません」

番頭は声を詰まらせた。丸まった背中が震えている。

「まあまあ番頭さん、顔をお上げなさいな。それを言うならわたしもですよ。わたしも気にはなっていたものの、番頭さんと同じように考えていたのですから」

商売仲間の寄り合いで話題に上り、そこではじめて、まずい、と思ったという。

「店の主人だというのに、呑気なものですよ」

眉化粧の刷り物が評判で浮かれていたと、藤兵衛は番頭の背を軽く叩いて笑った。

「だけどね、娘たちがなにやら思案しているようですよ。まずは聞こうじゃありませんか」

「そうなんだよ、番頭さん。どうにかして仙女香に太刀打ちできないものかと思ってね。質なら『丸藤』の白粉は負けちゃいない。番頭さんも言ったろ、うちの白粉は最上級の生《き》白粉《おしろい》だって」

「そのとおりでございます」

番頭は潤んだ目のまま大きくうなずいた。

「しかし、いったいどうやって……」

「うん、それを桃と相談してね」

里久は、にっと笑った。そして「丸藤」の白粉に肩掛けをつけたらどうかと話した。

「簡単に言えば、巾広の手拭いさ」

桃から錦絵を見せてもらい、汚れや寒さよけになるのはもちろんだが、「乳が丸出しなんて恥ずかしいだろ」と里久が力んで言うと、泣いていた番頭も思わず噴き出した。

「だから白粉用の肩掛けとして、『丸藤』の白粉につけてみたらどうかと思うんだよ」

茂吉は、なるほど、それはいいかもしれませんと膝を打った。

「今の手拭いでは着物の襟が汚れるのを防ぐ程度ですからね。それにうちのやつも白粉を塗るたびに寒いだの、こっちを見るな、などと、ぶうぶう言っておりますよ」

「聞いたかい桃、うちのやつだってさ」

里久がからかうと、茂吉は顔を真っ赤にした。照れ屋なのは相変わらずだ。しかし照れながらも、いい考えだと茂吉は褒めた。

「里久お嬢さんがおっしゃるように、布は巾広がようございますし、桃お嬢さんのお考えの、薄手にするというのも名案でございます。もちろん、店の名や銘柄を入れるのもしかりです。それにどうでしょう、新しい絵柄を描いてみるというのは」

「白粉用の肩掛けだけの絵柄ってことだね」

里久は、いいね、と喜んだ。

だが、じゃあどんな絵を――となると、そこにいる皆が考え込んだ。

あれはこれはといろいろ思いついてはみるものの、誰の案もいまひとつだ。案が出尽くし、皆が黙ってしまったとき、「あのう」と声がして彦作が小座敷に顔を出した。この雨で鏡を持ってくる者もなく、今日は早仕舞いしてもいいかと番頭に訊いている。

「彦爺も相談にのっておくれよ」

里久は彦作を座敷に引っ張ると、白粉につける肩掛けのことを話して聞かせた。

「彦爺ならどんな絵柄がいい？」

「そんな大事なことをわしに訊かれても……」

「また姉さんが無茶を言いだした」

桃が含み笑いを洩らすと、彦作は「まるで花のようじゃのう」とうっとりした。

「だろう、桃はほんとうにきれいなんだ」

里久は自慢げに鼻を膨らませる。

「そうさのう。だどもわしには里久お嬢さんも花のように思えるんじゃよ」

「わたしもかい」

そんなことを言われたことのない里久は、びっくりだ。

「そうですとも。ここに来る娘さんもじゃ。みんな、うれしそうな顔をしてな。わしにはどの娘さんも花のように思えるんじゃ。鏡を磨きながら、わしは毎日花見をさせてもろうとる。見てるだけでこう、幸せな気持ちになるんじゃよ」

彦作は本当に幸せそうに目を細めた。

里久は、ぽん、と手を打った。

「それだよ。肩掛けの絵は花にしたらどうだろ」

「姉さん、それならいくつか違う花の柄をつくって、好きなのを選べるようにしたらどうかしら」

「そりゃあいい」

茂吉も賛成する。

「お父っつぁまどうだろう。やってもいいかい」

里久は身を乗り出し、藤兵衛に伺いを立てた。

だが藤兵衛は、意気込んでいる里久たちとは反対に、ひとり難しい顔をしていた。黙っている藤兵衛に、里久や桃や茂吉は、互いに目を見交わす。

「白粉にその肩掛けをつけるとして、いくらで売るつもりだい」

藤兵衛は口を開くと里久に問うた。

里久ははっとした。値のことを考えていなかった。

「そこまで考えて、はじめて商いといえるのだよ」

藤兵衛の言うことはもっともだった。どんなにいい案でも、肩掛けをつけることによって、仙女香との値がさらに広がり、「丸藤」の白粉がますます売れなくなるようでは、元も子もない。

里久も桃も茂吉も、彦作までもが押し黙りうつむいた。

「旦那様、やってみようじゃありませんか」

そう言ったのは番頭だった。

里久は番頭に目をみはった。算盤《そろばん》を弾《はじ》いては渋い顔をしている番頭だ。桃も茂吉も彦作も驚いている。しかしいちばん驚いているのは、店のあるじである藤兵衛だった。

「番頭さん、それでは採算が合いませんよ」

「旦那様、うちがこうなんです。仕入れ元の白粉問屋だってきっと売れずに困っているはずです。売れるならあちらだって、きっとひと肌脱いでくれると思います。いいえ、脱がせてみせます」

番頭は男気をみせる。

「わたしも手間賃など、できるだけ安くできるよう、染物屋に頼んでみます」

茂吉も加勢する。

「いかがでございましょう、旦那様」

番頭が言い、里久も桃も固唾《かたず》を呑んで藤兵衛を見つめる。

「番頭さん、それに茂吉さん、ありがとうよ」

藤兵衛は頭を下げ、ついで威勢よく言った。

「よし、やってみるか」

「やった！」

そこにいる誰もが——桃や彦作までもが手を取り合った。

「あら嫌だ」

「そ、そうさのう。わしまでつられてしもうて」

恥じらうふたりに、皆が声をあげて笑った。


皆がいなくなった小座敷で、藤兵衛と番頭は心地よい疲れに浸っていた。

「旦那様、わたくしは今までも、里久お嬢さんにはいろいろ驚かされて参りましたが、今度のことでつくづく思い知らされました。お嬢さんには商才がおありでございます」

「お前にそう言ってもらえるとうれしいよ」

「旦那様はもしかして、里久お嬢さんの才を見抜いて、お店にお出しになられたのでございますか」

藤兵衛はまさかと顔の前で手をふった。

「いくらわたしでも、そこまではわからないよ。瓢簞《ひょうたん》から駒ってやつさ」

「そうでございますか。それにしても桃お嬢さんにしたって、なかなかのものでございます。おふたりとも立派な商人でございます」

「惜しむらくはふたりとも娘だってことだよ。せめてどちらかが男だったらって、そう思ってしまいますよ」

「それは、里久お嬢さんによいお婿《むこ》様をお迎えになられたらよろしゅうございましょう」

「ああそうだね。しかしあの娘は……」

そこで藤兵衛は言葉を切った。

「なにか気がかりなことでも」

心配顔の番頭に、藤兵衛は、いや、と短く応えた。しかし藤兵衛の脳裏には、時々堀を切なさそうに眺める里久の姿が浮かんでいた。その姿を頭から消すように、

「それまで番頭さん、しっかり頼みますよ」

そう言って藤兵衛は立ち上がった。

そんなふたりのやり取りを知らず、里久は外で茂吉を見送っていた。

雨は上がったようで、雲間から薄陽《うすび》が射していた。通りにも人の姿がぽつぽつ見える。

開きかけた蛇の目を茂吉は閉じた。

「では下絵ができましたらまた伺います」

「ああ、頼んだよ」

一礼して帰っていく茂吉に、里久は手をふった。と、茂吉とすれ違い、こっちにやって

くる男がいた。飾り職人の清七だった。

清七は店先の里久に気づいたようで、水溜まりを身軽に飛び越え、里久の許へ駆けて来る。

「簪《かんざし》を納めに参りやした」

清七は、いつものように穏やかな目で里久を見た。そして、「ありゃあ、いつかの絵描きさんですよね」と茂吉を振り返った。

「なんだか前とはずいぶん雰囲気が違うような。こう、きりっとしたというか、どっしりしたというか」

里久も茂吉の小さくなっていく背を眺め、「わかるかい」と、にっと笑った。

「女房を貰ったんだよ。清七さんの簪のお蔭でね」

「俺の？　そいつぁいってぇ」

驚く清七に、里久は茂吉と亀千代のすったもんだの話をした。

清七はまた驚き、

「けどそりゃあ、里久お嬢さんや桃お嬢さんのお蔭じゃねえですかい。簪なんざなんの役にも立っちゃあいやせんよ」

と鼻を鳴らして笑い、「まあそれにしてもよかったですよ」と喜んだ。だが茂吉が亀千代に贈った簪が、里久の気に入っていたあの簪だと知ると残念がった。

「ありゃあ、里久お嬢さんが挿してくださるものとばかり思っていやした」

「とんでもない。大事な商売物だよ。おいそれと自分の物にできやしないよ。それにわたしには勿体《もったい》ない」

「そんなことありやせん。あの簪はお嬢さんによくお似合いでした」

面と向かって言われると、里久はなんだか面映《おもは》ゆい。

「そうだ、今度はお嬢さんのためだけの簪をつくりやすよ。お嬢さんはいってぇどんな簪がお望みですかい」

自分のためだけの簪だなんて、考えてもみなかった。

里久は目を大きく見開き、背の高い清七を見上げた。

清七の穏やかな眼差《まなざ》しとぶつかる。

「そ、そうだね」

里久は思わず清七から目を逸らした。

通りの先にはすでに茂吉の姿はなく、道向かいの線香問屋の手代が、もう雨は降らないかと、手をかざして空を眺めている。明日は久しぶりに晴れるのだろう、雲の切れ間から夕方の陽が紫色に薄く射していた。

「もしできたら……」

突然訊かれて戸惑った里久だったが、里久には密《ひそ》かに欲しいと思う簪があった。

「わたしは……潮騒《しおさい》が聞こえるような簪が欲しい」

そんな簪がつくれるなら、里久は見てみたかったし、髪に挿してもみたかった。

「そりゃあまた難しい注文で」

清七の目から穏やかさは消え、厳しい職人の顔となった。眉根をくっと寄せ、尖《とが》った顎先を、細く、しかし節のある指で撫でている。

「ごめんよ、無茶を言って悪かったね。桃にもよく呆れられるよ。気にしないでおくれ」

しかし清七は、いいえ、と首をふり、きっぱり言った。

「きっとつくってみせます。それまで待っててておくんなさい。よろしいですね、きっとですよ」

その迫力に、里久はこくりとうなずいた。

清七は、またいつもの穏やかな目に戻ってほほ笑み、うなずき返した。

「おや、清七さんじゃありませんか」

手代が暖簾《のれん》から顔を出した。

清七は手代に出来上がった簪を持ってきたと告げ、里久に「そいじゃあ」と頭を下げて、店の中へと入っていった。

ひとりになった里久の胸にまたひとつ、浜では味わったことのない気持ちが湧いていた。うれしいような恥ずかしいような、浮き立つような、それでいて切ないような、なんともいえない気持ちだった。

翌日から、番頭が白粉問屋との交渉に入った。粉の質をさらに細かくしてもらい、その白粉を全て買い取ることで、値もできるだけ抑えてもらえることになった。白粉がとんとん拍子に進むのとは反対に、難航したのは肩掛けの絵柄だった。

茂吉も翌日には、さっそく何枚かの下絵を持ってきてくれた。その下絵の花はどれも豪《ごう》奢《しゃ》で、色合いも派手で、互いに競い合っているようだった。

下絵を見た番頭や他の奉公人たちは喜んだが、なぜか里久は皆のようには喜べなかった。手拭いは、色も柄もはっきりしているものが多い。今まで茂吉が描いた下絵も、そんな風に染められていた。船頭の親父が娘にと喜んで買っていった梅の古木が描かれた手拭いも、まさに紅梅色の色鮮やかな手拭いだった。でも今回は手拭いではない。肩掛けだ。

「桃はどう思う？」

小座敷で一緒に見ていた桃も、「そうねえ」と言って、下絵を手に黙り込んだ。

すると藤兵衛が眺めていた下絵を畳に置いて、茂吉に向き直った。

「茂吉さん、皆が白粉を塗るのはどうしてだと思うかね」

「そりゃあ、誰もがきれいになりたいからだと」

「そうだね。じゃあ、うちの白粉と、仙女香の違いってなんだかわかるかい」

「『丸藤』のほうが質がよいことでございましょう」

「確かに」

と藤兵衛は言った。

「けどいちばん違うのはそこじゃない」

「と、申しますと」

藤兵衛は里久と桃を見た。

「眉化粧の刷り物を一緒につくったお前たちなら、わかるんじゃないのかい」

「眉化粧……」

里久は「あっ」と思いあたった。

「そうだよ、茂吉さん。ひとりひとり顔は違うんだ。似合う眉だってひとりひとり違う。桃がそう教えてくれたよ。じゃあ、きれいも、ひとりひとり違うんじゃないのかい」

桃も「そうね」と相槌《あいづち》を打つ。

「白粉は薄く塗るのがいいとされているけど、場所によっては濃く塗ったほうがいいところだってあるわ。襟足とかね。鼻をすっきりみせるために鼻筋だけ濃く塗るひともいるわ。顔色の悪いひとは、白粉にほんの少し紅をまぜて血色をよくみせようとしたりね」

「へえ、さすが桃だ」

里久は感心した。

長吉が「茂吉さん、あれをごらんください」と、小座敷に活けられた花を指《さ》した。皐月《つき》が一枝、無造作に活けてある。

「前に活けられていたのは石楠花《しゃくなげ》でしたね。あれも皐月も、どちらも同じような赤い花ですが、でもどちらがきれいかなんて、そもそも比べたりしませんよね。花はそれぞれにきれいなものです。まあ、活け方に難はありますが」

長吉が生意気なことを言って、悪戯《いたずら》っぽく笑った。

藤兵衛が呵々大笑《かかたいしょう》する。

里久はきゅっと長吉を睨んだが、長吉の言うことは、まさに里久が言いたかったことだった。

「ねえ、茂吉さん」と里久は茂吉を見た。

「『丸藤』の白粉は、女形や錦絵に描かれた美人のようになりたくて塗る白粉じゃないんだよ。自分らしくきれいになるための白粉なんだ」

藤兵衛は里久と桃に満足げに笑い、茂吉につづけた。

「白粉はね、そのひとのきれいを引き出す手助けをするものさ。だから肩掛けも白粉と一緒にその手助けをしてほしいのさ。求めているのはそういう絵柄だよ」

「わかりました」

茂吉は藤兵衛に一礼すると、手早く下絵を掻き集め、そのまま黙って帰ってしまった。

それから待てど暮らせど茂吉はやってこない。

茂吉がふうふう汗を掻いてやってきたのは、四日後の店を閉める時分だった。

いかがでございましょうと畳に並べられた茂吉の絵を見て、里久も皆も驚いた。

絵の花は、大きく華やかに何輪も咲き乱れるように描かれているが、それぞれにやさしい色合いになっていて、控えめで上品だ。

「化粧をする女《ひと》の邪魔にならないように、そう思いまして。それに、きれいが人それぞれなら、似合う色目もひとりひとり違うのではないかと……。ですから、白粉を買っていただいたのを機に、自分の色を見つけてもらえれば、そう思ったものですから」

花の色彩も淡いものから、少し濃いものまで、いろいろにしてみたと茂吉は言った。

「素敵だよ茂吉さん」

これぞ求めていた肩掛けだと、里久は強く思った。藤兵衛も桃も見事なものだと感じ入っている。この数日寝ないで描いていたのだろう、目の下に黒い隈《くま》を作った茂吉は、ほっとした顔をした。

「正直に言いますと、あれからも仙女香に負けてなるものか、いや、仙女香を描いている錦絵に負けてなるものかと、肩肘張って描いておりました。そうしましたら、うちのやつが怒りまして。まだわかっていないと、下絵を肩にあてたんです。すると、手助けどころか、絵は邪魔になっているだけでした。わたしもまだまだでございます」

亀千代に教えられたと茂吉は洟《はな》を啜《すす》った。

「茂吉さんのやさしさや思いがしっかりと描かれている、いい下絵だよ。錦絵なんぞに負けてやしないさ」

里久がそう言ってやると、茂吉は顔をくしゃくしゃにした。

下絵の中から五つの絵柄を決め、肩掛けにはずり落ちないように、胸の前で結ぶ二本の紐《ひも》をつけることにした。

「ねえ、紐の先になにかつけてみたら。そうねぇ……鈴、なんてどう。可愛くない？」

と桃が提案し、里久も、

「桃、いい、すっごくいいよ」

と大喜びし、紐の先には小さな鈴の飾りもつけることになった。

そうこうしているうちに白粉が出来上がり、試しに桃につけてもらうと、

「おおーっ」

奥から店の小座敷に現れた桃は、肌もさらに白く、驚くほどきれいだった。

いっそ「丸藤」の新しい白粉にしようということになり、そこでまた悩んだのが白粉の名だった。商品の名が大切なのは仙女香で明らかだ。こっちも歌舞伎役者の名で、と考えてはみたが、それではただの二番煎《せん》じだ。

「この白粉がどんな白粉か、お客様にわかっていただける名がよろしいかと」

番頭の言葉に、藤兵衛もそのとおりだと言う。里久や奉公人たちは、桃の顔を穴があくほど見つめた。白い蓮《はす》、お餅《もち》、観音様、ぴかぴか、きらきら――思いつくまま口々に言い合う。

「いいですね、きらきら」

「ちょっと浮わついた感じがしないかい」

「そうですか?」

「ねえ、つやつや……っていうのはどうだろう」

里久が言い、それぞれが口の中で「つやつや……つやつや」と、くり返した。

「いいですね」

番頭がいかがでしょうと主人を見る。

「ああ、どんな肌になるかよくわかる名だ」

と藤兵衛も賛成し、

「つける肩掛けが花の絵柄だから――」

と、「丸藤」の新しい白粉は、「つやつや花白粉」と決まった。

値はどんなに頑張っても仙女香の二倍となった。が、思い切って五月の中頃から売り出すことにした。

初日には亀千代が駆けつけてくれ、花のようにきれいになるという謳《うた》い文句の引札を道往《ゆ》く人に配ってくれた。それを好《よ》いことに番頭が「売れっ妓《こ》芸者、亀千代姐さんのお墨つき！」とちゃっかり売り口上にしたものだから、店は大いに賑わった。値のこともあり、実際売れるものかと心配していた皆だったが、そんな心配をよそに白粉は飛ぶように売れた。

名に「つやつや」とつけたこともよかったが、やはり肩掛けつきというのが、お客の関心を強く惹いた。きれいだし選べるし、おまけに落ちないし、飾りの鈴がまたかわいいと大好評で、一度に白粉を二つも三つも買って、柄違いで集める者まで出る人気ぶりだ。

それに「おや、この肩掛けをしたら、顔の映りがいつもよりやけにいいじゃないか」と言って選んだ肩掛けとよく似た色の半襟を買っていく者まで現れ、茂吉の思いが通じているとわかり、里久を大いに喜ばせた。

「うれしいねえ。こんなに売れるとは驚きだよ」

里久は、すぐ空になる店の簞笥《たんす》に白粉をたしながら、一緒に手伝ってくれている彦作と喜び合った。

「お嬢さんは大したもんじゃのう」

肩掛けを選ぶ娘たちに目を細めながら、彦作は言う。

「商いもじゃが、きれいになりたいと思う客の気持ちに寄り添うとられる。茂吉さんの気持ちにものう。人の気持ちを慮《おもんぱか》ることに長《た》けておられる」

彦作はそう言って、手にしている白粉の包みを愛《いと》おしそうに撫でた。

第六章　恋女房

売り出してから三日目の今日も、朝から小雨が降っていた。傘をさせば濡れはしないが、歩いているだけで着物を湿らせる。そんな中をひっきりなしに客がきた。既に白粉《おしろい》も肩掛けも品薄となり、番頭はうれしい悲鳴をあげている。この分なら他の下絵も肩掛けにしてはどうかと、奥の藤兵衛へ相談にいっている。

店座敷では桃の友達の娘たちが賑やかに肩掛けを選んでいた。その輪の中には、店表が苦手な桃もいて、桜にしようか、撫子《なでしこ》にしようか悩んでいる友達に、似合うほうを指さしている。渋々つき合っているようだが、その顔には、うれしさも見え隠れしていた。

里久が簞笥《たんす》の白粉を数えているときだった。

「きゃあ」

突然、桃が悲鳴をあげた。

里久が声にはっと振り返れば、店座敷に座っている桃のすぐ脇に、女が立っていた。いや、よく見ると、女の形《なり》をした男である。

齢《とし》は五十ぐらいか。白粉を厚く塗った顔には粉がふき、小鼻の周りにもむらむらと固まっている。唇には紅がべったりだ。いったい誰のものなのか、身につけている女物の着物は、身丈も幅もあってなく、前身頃《まえみごろ》の重ねが半分ほどしかない。今も大股で立っているせいで、割れた裾の間から男の脛毛《すねげ》が覗いている。髪は男の髷《まげ》のままか、頭巾《ずきん》を被《かぶ》っていた。

男はじっと桃を見下ろす。

そんな男を、店の奉公人も客も固唾《かたず》を呑んで見つめている。

男が顔をつうっと桃に寄せた。

「評判の白粉で、ほんにお前のようにきれいになれるのかい」

言って男はおもむろに、桃の顎先を指で摘《つま》んでくいっと上げた。

「ひっ」

得体の知れない男に触られて、桃の顔が恐怖に引き攣《つ》る。

「桃っ」

里久は一歩足を踏み出した。と同時に誰かが俊敏に動いた。普段はのんびりしている彦作だ。彦作は、桃に触れている男の手首を素早く摑み、ぎっと男を睨みつけた。

男は痛さで呻《うめ》き、指をすぐに桃から離した。

「桃っ、大丈夫かい」

里久は急いで桃を背に庇《かば》った。

彦作は男の手首をまだ離さない。それどころか、ますます強く締め上げてゆく。

「痛いっ」男が我慢しきれず叫んだ。

「彦爺、もういいよ」

彦作は里久の声にはっとし、ようやく男から手を離した。

「なんて店なんだい。わたしはただ白粉をもらいに来ただけだよ。わたしは客だよ」

男は赤くなった手首をさすりながら喚《わめ》いた。

そのまま怒って帰ってしまうかと思ったが、男は手代に「わたしにも白粉をひとつおくれ」と注文した。しかし手代は驚いたたままぽかんとしている。

「承知しました」

里久は手代に代わって注文を受けた。

「姉さん……」

「大丈夫だよ」

怯《おび》える桃の肩を軽く叩いて、里久は箪笥の引き出しから白粉を一つ取り出すと、男の前に膝をつき「どうぞ」と手渡した。

「へえ、これが『つやつや花白粉』ねえ」

男はしげしげと白粉を眺めた。

「ここの白粉はうちの店ではまだ扱ったことはないんだよ。楽しみだねぇ」

男の言っている意味がわからず、怪訝《けげん》な顔をする里久に、男はにやりと笑い、畳にお代を置くが早いが座敷から降りて雪駄《せった》を履いた。女物では足が入らなかったのか、雪駄だけは男物だった。

「お待ちを」

里久は、そのまま店から出ていこうとする男を慌てて引きとめた。

「この白粉には化粧のときに使っていただく肩掛けを一枚おつけしております」

しかし男は、「そんなものいらないよ」とぞんざいに答えた。

「そうおっしゃらず。評判なんでございますよ。絵柄もいろいろございまして。お好きなものをお選びくださいまし」

里久は娘たちのそばにある、肩掛けを並べた葛籠《かご》を引き寄せ、次々に広げて見せた。

男はふと、その中のひとつに目をとめた。

「……じゃあ、これをもらっていく」

男が手に取ったのは、紫陽花《あじさい》が描かれた肩掛けだった。

「ありがとうございました。またのお越しをお待ち申しております」

里久は番頭仕込みの挨拶で、店から出ていく男を見送った。

暖簾の外は暗く、雨は本降りになったのだろうか、軒先から落ちる雨垂れの音が、店内まで響く。

男の姿が見えなくなり、暖簾の揺れが収まって、ようやく周りがほっとしたときだ。

「姉さん……？　姉さん！」

お辞儀をしていた里久の額が畳についた。

里久はそのまま気を失ってしまった。


「あっはははは」

翌日、里久と桃、ふたりの頭をしにやってきた女髪結いの滝は、里久から話を聞いて大笑いした。

「そんなに笑うことないだろ」

髪が結いあがり、やれやれと廊下に足を投げ出した里久は、口を尖《とが》らせた。

「そうよ、わたしだって顔を触られたんだから。もう怖くって、ぞっとしたわ」

髪を結ってもらう番になり、鏡台の前に座った桃も加勢する。桃はあのときの男の指の感触まで思い出したようで、ああいやだ、と襟にかけた手拭いで顎を何度もぬぐった。滝も悪かったと思ったらしい。

「若い娘さんにはさぞ怖かったことでしょうねえ。笑っちまってご無礼いたしました」

と謝った。

「それにしても里久お嬢さん、すっかりお店に馴染まれましたこと」

滝は、よく客あしらいができたものだと感心した。

「いやいや、わたしも、お客への言葉遣いもだいぶましになったと言ってもらえるようにはなったけど、やっぱり怒らせると思ってね。前に桃が船頭の親父さん相手に店に出たことがあったんだよ。そのときの様子をもう必死で思い出して。だからあの男が店から出ていったときには、もう疲れ果ててしまって、気が遠くなっちゃったよ」

「まあまあ、よく頑張りましたねぇ」

滝は大いに労《ねぎら》ってくれた。

「でもね、どうぞそのおひとのことは大目に見てさしあげてくださいましな」

滝が桃の元結《もっとい》をぷちりと鋏《はさみ》で切る。漆黒の艶やかな髪が肩へ流れた。その長い髪を梳《す》き櫛《ぐし》でときながら、男がつい先月、妻を亡くしたばかりなのだと滝は話した。

「知っているおひとなのかい」

里久は驚いた。

滝は「ええ」とうなずいた。その間も手は休めることなく動かし、桃の鬢《びん》の膨らみを手際よくつくりながら、「ご存じありません？」と鏡の中の桃を覗いた。

「日本橋川沿いの、あれは小網町《こあみちょう》三丁目になるんでございますかね、ほら『加納屋《かのうや》』さんていう、奥川筋船積問屋《おくかわすじふなづみといや》がありますでしょう。あそこのご主人でございますよ。大きなご商売をなすっていますからご葬儀の参列の方も多くて、あたしも親戚筋の方の頭を何人かさせてもらったんでございますよ。そうそう、黒い元結はこちらでいただきましてね」

桃はふっくりした唇を小さく「あっ」と開けた。

「その奥川なんとかってなんだい」

里久には耳慣れない名だった。

「奥川筋船積問屋よ」

と桃が言い直し、

「ちょいと説明しますとね」

と滝が話し出した。

「奥川っていうのは江戸に近い川奥筋、武蔵《むさし》や上野《こうずけ》、下野《しもつけ》に常陸《ひたち》、あと下総《しもうさ》などのことを言いましてね。そこの産物、たとえば醤油、味噌、酒粕《さけかす》、大麦、油などが高瀬舟《たかせぶね》に積まれて利根川《とねがわ》を上ったり下ったりして、江戸へ運ばれてくるんでございますよ。江戸で荷揚げされた品は、艀舟《はしけぶね》でそれぞれの問屋へ送られまして」

里久は伊勢町堀を行き交う艀舟を思い浮かべた。

「そうしますと、荷を降ろした高瀬舟は空になりますでしょ。その船を奥川筋船積問屋がある堀へ着けまして、船積問屋は注文を受けていた品物を――」

そこで滝は大事な仕上げにかかったのか、言葉を切り、話を桃が引きついだ。

「例えば小間物や荒物《あらもの》。それに紙や筆や塩、反物、いろんな用意した品を、今度は空船に積み込むの。その品物に口銭《こうせん》を取って、これを儲《もう》けにする商いをしている問屋が、奥川筋船積問屋なのよ」

高瀬舟に積んだそれらの品物は、今度は奥川筋の郷《ごう》へ、さらには奥州《おうしゅう》や信越《しんえつ》などに運ばれる物もあると桃は話した。

「へえー、いろんな商いがあるもんだなぁ」

――ここの白粉はうちの店ではまだ扱ったことはないんだよ。

そう言っていた男の言葉が腑《ふ》に落ちた。

「商売一筋できた旦那のようですが、ご新造《しんぞう》さんを亡くされてから、あんなふうになっちまって……。まだ四十を少し過ぎたばかりのご新造さんでござんした。お子もなかったようですし、きっとお寂しいんでございましょう」

話に戻った滝はしんみり言った。髪は出来上がっていた。

「でもいくら寂しいからって、どうして女の格好をなすっているのかしら？　化粧までして」

桃は解せないと滝に問う。

「さあ、どうしてでござんしょうねえ」

滝は、最後に紅い鹿の子《かこ》の手絡《てがら》を髪に結び、「はい、できましてございます」と、鏡の中の桃を見て満足そうに笑った。

ぽつッぽつッ、と音がした。

里久が部屋の中から目を外にやれば、やんでいた雨がまた降りだしていた。庭のつわぶきの丸い葉に雨粒が跳ねている。水鉢にも波紋をつくり、水面にいた金魚が水草の中へ隠れた。

ひとりぼっちになったんだな……。

里久はうす暗い空を見上げた。

昨日、雨の中、白粉と肩掛けを握り締めて帰っていった男の姿を、里久は思い出していた。

その「加納屋」の主人が「丸藤」に怒鳴り込んできたのは、それから二日後のことだった。

「なにが『つやつや花白粉』だ。つやつやどころか、ぜんぜんきれいにならないじゃないか」

店土間に立った「加納屋」は怒り心頭だ。

たしかに、頭巾から見える顔は、白粉はまだらで相変わらず無残な様だった。今日も身幅の狭い水浅葱《みずあさぎ》の薄物の着物を窮屈そうに纏《まと》っている。

「お言葉でございますが、うちの白粉は生白粉《きおしろい》の中でも極上のものでございます。品に間違いはございません」

先日は驚きで口をあんぐり開けているだけだった手代が、今日は負けじと口を返した。

「なんだと、ならどうしてこんなふうになるんだい。嘘を言うんじゃないよ」

「嘘ではございません」

嘘だ、嘘じゃないの言い合いになった。

店にいた客たちが、ふたりからそっと間をあける。

「やめないか、お客様になんて口の利き方です」

他の客の相手をしていた番頭が手代を諫《いさ》めた。男のことは手代から聞いていたようだが、実際目の前にして顔色一つ変えないのは、さすが番頭だ。

「うちの手代《もの》がご無礼いたしました」

番頭は「加納屋」の前に手をつき、申し訳ございませんと頭を下げた。

「ですがお客様、品はこの手代が申すように、すこぶるつきのよいものでございます。番頭のわたしもそれは請け合います」

「だったらどうしてこうなるんだい」

「加納屋」は自分の頰をぱぱんと叩いた。白い粉が舞い、剝がれた塊がぼろぼろっと黒い店土間に落ちた。

「塗り方がいけないのかもしれないね」

今日は店座敷の隅で紅猪口《べにちょく》に紅を塗っていた里久は、横の長吉にささやいた。

「お嬢さんたら」長吉が里久の袖を引く。

「加納屋」の鋭い目が里久をとらえた。どうやら声が聞こえたようだ。まずいことを言ってしまったと後悔しても、もう遅い。

「おや、この前のお嬢ちゃんじゃないか。どういけないっていうんだい」

「それは……」

「見たところお嬢ちゃんは白粉をしていないねえ。そんなお嬢ちゃんが塗り方を教えてくれるっていうのかい？　うれしいねえ」

「加納屋」は座敷縁に腰を下ろし、里久に向かって目を眇《すが》めた。笑ったらしい。目尻の皺が深く刻まれ、白粉がまたぽろりと剝がれ膝の上へ落ちた。

「わたしがお教えいたします」

番頭が「加納屋」の視界に割って入った。しかし「加納屋」は、番頭を追い払うように手をふった。

「お前さんじゃない、わたしはこのお嬢ちゃんに教えてくれるのかって訊いているんだよ」

どうなんだい、と「加納屋」は里久に詰め寄った。

里久を見る目が意地悪く光る。

この人はわたしを試している。そう里久にはわかった。

けどわたしに白粉は——。

番頭と手代が、相手にしてはいけません、と「加納屋」の後ろで首を横にふっている。

長吉も机の下で袖を引く力を強くする。彦作はいつでも動けるように土間で身構えている。

里久が黙っていると、「加納屋」は嘲笑《あざわら》った。

「ほらごらん。『つやつや花白粉』なんて名付けているが、やっぱりそこいらの安物と一緒なのさ。皆々様、肩掛けなんぞで騙《だま》されちゃあいけませんよ」

「加納屋」は周りの客に向かって大声を張り上げた。

ひとりの客が、手にしていた白粉をそっと葛籠《かご》へ戻した。

それを見た途端、里久の頭にかあーっと血が上った。

「でたらめなこと言わないでおくれ。ああ、いいよ、教えるよ」

気づいたら、里久は啖呵《たんか》を切っていた。

「あー、やっぱり言いなすった」番頭と手代が頭を抱える。

里久も心の中で「やだ、どうしよう」と思ったが、客たちは皆こっちを見ている。もう後には引けなかった。里久は速くなる胸の鼓動を押さえ、男につづけた。

「けど少しだけ待っておくれ。言われたように、おれは白粉をしない。だからできるようになるから、それまで待っておくれ」

「おれ……」

「加納屋」の目が一瞬ふっとゆるんだ。が、すぐに元の鋭さに戻り「いつだい」と問い詰める。

「できるだけ早く……頑張るよ」

「じゃあ待ってやる。その代わり、家まで教えに来ておくれ。わたしも暇じゃないんでね」

「加納屋」は自分の素性を明かし、店の場所を教えた。

「そんな、いくらお客様のお望みでもそれは――」

番頭が異を唱えるのを、里久は手で制した。

「わかったよ。待っておくれ。必ず行くから」

里久は「加納屋」の目をまっすぐ見て、「約束する」と言い切った。


しかし、待っておくれと豪語した里久だったが、結局桃に泣きついた。

「どうして姉さんはいつもそうなのよ」

桃の怒ること怒ること。

「だってさぁ……」

「いい、わたしはぜえったい、一緒になんか行きませんからね」

母の須万も「年頃の娘がそんな男のところになんて」とおろおろし、父の藤兵衛もお前がついていながらと番頭を叱った。「あるじのわたしが謝りがてら断りに行ってくる」と言い出す始末だ。だが、すぐにでも出かけようとする藤兵衛を、里久はとめた。

「そんなことしないでおくれよ。それに番頭さんは悪くない。わたしが言うことをきかなかっただけ」

「どうしてだい、里久」

藤兵衛は問うた。

「だって……あそこで行かないなんて言ったら、うちの白粉はやっぱり安物と同じだって、それみたことかって、『加納屋』の主人はそう思うよ。『加納屋』だけじゃない、あのとき周りにいたお客もみんなそう思うかもしれない。そんなのわたしは嫌だっ」

「里久、お前……」

「ねえ、お父っつぁま、わたし頑張るから。大丈夫だから。桃に一緒に行ってくれなんて頼まない。わたしは『加納屋』の主人と約束したんだ。だから行かせておくれよ」

里久にそこまで言われれば、藤兵衛はもうなにも言えず、まだ反対する須万をなだめるしかなかった。

そしてその日からすぐ、里久と桃との白粉を塗る稽古がはじまった。

桃は自分の部屋へ里久の鏡台を持ってこさせ、桃の鏡台と並べさせた。

鏡台は、引き出しがどれも右側にある。右利きが多いのもあるが、引き出しが前だと化粧をしていて開けるたびに邪魔になるし、それに左右ばらばらだと、こうやってふたりならまだいいが、例えば置屋の芸者衆や役者、はたは吉原《よしわら》の遊女など、数人で鏡台を並べて化粧をするとき、引き出しを開け閉めするたび隣の相手とぶつかって困ってしまう。だからそうならないように、引き出しは右側と決められているらしい。母の須万が紅ぐらい持っていろと、里久の鏡台の引き出しに紅猪口を入れながらそんな話をしてくれた。

「さあ姉さん、肩まで出して」

鏡台の前に里久を座らせ、桃は言う。

「うん……」

里久はもろ肌脱いで、白粉用の肩掛けを羽織った。胸の前で紐を結ぶと「チリン」と小さな鈴が鳴る。絵柄は桔梗《ききょう》だ。紺が深い青紫。まさに紺桔梗といった色を薄く染めた花が幾輪も咲いている。やっぱりこの肩掛けをつくってよかったと里久はつくづく思う。

「じゃあはじめるわよ」

桃も里久と並んで座り、自分の漆塗りの鏡台の上にある、白粉三段重の磁器の蓋を取った。一番下の段に水を入れ、上の二段で白粉を溶き合わせる。今はもう水で溶かれたその名も白粉溶《おしろいとき》が出来上がっていた。傍らには水を張った盥《たらい》もある。

「塗り方は人それぞれだけど、わたしは額から鼻、そして頰の順で塗っていくわ」

やってみるわね、と桃は鏡に向かった。白粉溶をほんの少し手にとり額につけ、指先でていねいに、でも素早く塗り広げていく。他も同じ要領だ。

「白粉が斑《むら》になって上手く塗れないのは、白粉の溶き方が雑か、塗るときに顔にいっぺんにつけるか、どちらかだと思うのよ」

何ヵ所も一度につけてしまうと、額に塗っている間に他の場所につけた白粉溶が乾いて、塗りにくくなるのだと桃は教えた。

「だから一ヵ所ずつつけて塗るの」

そう話している間に、桃の顔に白粉がきれいに塗れた。つづいて首、胸、耳へとつけていく。

「さあ、姉さんもやってみて」

「うん」

里久は桃が今やってみせてくれたように、額に白粉溶をのせた。

ひやっとする白粉を静かに、でも早く指先で塗っていく。

「そうそう、次は頰」

言われるまま、頰、鼻、口へと塗りすすめる。

「はじめてにしては上手いじゃない」

すべて塗り終えた里久は、まじまじと鏡を見た。

白い顔の知らない娘がじっとこっちを見つめている。唇も真っ白で、口を「あー」と開ければ、黒い洞窟のようだ。なんだか怖いというか、間抜けというか——。

「じゃあ次ね」

「えっ、これで終わりじゃないの？」

桃は「まさか」と言って、引き出しから刷毛《はけ》を取り出した。太い筆のようだが、毛の短い、ふっさりとした刷毛だ。形や大きさは茶筅《ちゃせん》に似ている。

「白粉が顔に行き渡ったら、今度はこの刷毛でさらにのばすの」

桃は傍らの水を張った盥に刷毛先をほんの少しつけ、顔を刷きはじめた。

「軽くね。こうやってくり返して、塗った白粉を薄くのばしていくの」

里久も真似てやってみる。

幾度も刷いていくうち、白粉はよくのび、顔に光沢が出てきた。

「ここをていねいにしないと、顔が白く浮いて見えるのよ」

「なるほどねえ」

「もうそのへんでいいわ。今度はね」

「まだあるのかい！」

里久が驚くと、桃はもう少しよと笑って、半紙を取り出した。顔にあて、刷毛にまた水を少しつけ、紙の上から再び刷いていく。

「こうすることで余分な白粉が取れるし、白粉自体も落ち着いて艶が出るのよ」

たしかに紙を剝がした桃の顔は、白粉の商品の名のとおり「つやつや」だ。

「最後に粉白粉を薄くつければ出来上がりよ」

桃が乾いた刷毛でさっと粉をはたけば、顔の印象はふんわりとやさしくなった。

里久は大変だと思った。これを母の須万や桃や、女友達が当たり前のようにしているのかと思えば、頭が下がる。

「わたしやお友達は、もっと簡単な薄化粧のやり方よ」

湯化粧というらしい。

「でも教えるならていねいな塗り方のほうがいいでしょ」

里久は刷毛を置き、顔の紙を剝がした。浅黒い里久の顔も、それなりに白く、艶やかに光っている。

「そうだね」

この塗り方なら、「加納屋」の主人も満足し、品にも納得してくれよう。

「ついでだから紅も塗ってあげるわ。こっち向いて」

桃は引き出しの中に伏せてある紅猪口を取り出した。ひっくり返すと玉虫色が光る。

里久は毎日紅猪口《べにちょく》に紅を塗っているが、自分の唇に差すのは、はじめてだった。

「紅猪口はね、お酒の猪口《ちょこ》のように持たないのよ。筆に含んだ水が流れて猪口の底に溜まると、紅が溶けて、その分無駄になってもったいないでしょ」

桃は猪口を手前に傾け、少し水を含ませた筆でそっと猪口の縁をなぞった。瞬間、真紅の色が鮮やかに現れる。里久はこの美しさと不思議さに溜め息がこぼれる。

「下唇に濃くつけるの。上の唇は淡くね」

桃は里久の唇に紅を塗っていく。

「どうかしら」

里久は急いで鏡台に顔を戻した。鏡を覗き込むと、唇にのせた紅は、見ている間に赤からうっすらと玉虫色の光沢を帯びていく。

化粧って不思議なもんだと里久は思った。白粉は必用に迫られてだったが、こうして紅まで塗って鏡の中の自分をつくづく眺めていると、里久の気持ちは浮き立った。眉化粧のときの、顔の印象が変わるのとはまた違う、ぐっと大人になったような、自分なのに自分じゃないような、知っているのに、けどそんなに知らない誰かに会っているような、そんな感じをおぼえた。

「きれいよ、姉さん」

桃が鏡の向こうでふわりと笑う。

里久はただただ照れ臭く、桃に向かって、にいっと笑った。

三日間猛稽古している間に梅雨が明け、里久もどうにかひとりで白粉を塗れるようになった。肝心なのは桃に教えてもらったとおり、一ヵ所ずつていねいに塗り、刷毛で幾度も刷《は》きのばすことだとよくわかった。

「なんとかなりそうだよ」

白粉を施した顔で笑う里久に、桃は形のよい眉をくっと寄せた。

「もう、呑気なんだから姉さんは。相手は男の顔なのよ。そんな簡単じゃないわ」

脂はあるし髭《ひげ》もある。肌のきめだって女のように細かくない。思っているより難しいと、桃は眉根をますます寄せる。

「やっぱりわたしも一緒に行きましょうか」

あんなに嫌がっていたのに、そんなことまで言ってくれる。

「ありがとう桃。大丈夫だよ！」

里久は桃に教えてもらったように紅を塗り、店に来る客のように「おほほほほ」と笑ってみせた。

里久が「白粉化粧」を教えに行く日は、戻り梅雨で、暖簾《のれん》を割って店土間から外を見れば、そぼ降る雨に通りの先は霞《かす》んでいた。

「姉さん、言葉遣い気をつけて」と桃が言う横で、

「本当に大丈夫なんですか」と須万はまだ反対している。

「いざとなったら体当たりしてお嬢さんをお守りいたします」

供の長吉が鼻息荒く言って、心配顔の藤兵衛に須万、桃、それに番頭たちに「任せてくださいまし」と胸を叩いた。

言うだけのことはあって、荷物と傘を脇に抱えた長吉は、里久が戻ってきたばかりのころに比べ、ぐんと背が伸びていた。もう里久に追いつきそうだ。

「今ごろ気づいたんですか」

長吉は鼻に皺を寄せて笑った。が、その笑いも「加納屋」に着き、店の番頭に主人の部屋へ通されるまでだった。

案内された部屋は奥まった離れにあった。番頭は廊下から障子の締め切った部屋に客の訪《おとな》いを告げただけで、さっさと店へ戻ってしまった。

「あの、『丸藤』でございます。お約束どおり、白粉化粧をお教えに参りました」

だが、廊下にひざまずいて里久が名乗っても、なんの返事もない。

離れの周りは奥庭で、大きな庭石と苔生《こけむ》した飛び石があるだけ。雨に濡れた苔は青々と美しいが、どこか寂しい庭だった。店が河岸《かし》沿いにあるため、道をはさんだ母屋のここま

で、堀で荷を積む人足たちの威勢のよい掛け声が雨の間をぬって響いてくる。吹く風が雨と苔と湿った土の匂いにまじって、潮の香りを運んでくる。

ここは小網町三丁目。日本橋川を下り、霊岸島《れいがんじま》に架かる湊橋《みなとばし》、豊海橋《とよみばし》をくぐればすぐに永代橋《えいたいばし》に出る。もうそこは大川の河口で、すぐに海だ。だから雨だというのに、伊勢町よりも濃い潮の香が漂っている。

里久たちがいくら待っても、部屋の中から返事はなかった。

長吉が不安げに里久を見る。里久は大きく息を吸い、障子の引き手に指をかけた。「失礼いたします」と声をかけ、そっと障子を開けた。

中の様子が目に飛び込んできて、里久も長吉も息を呑んだ。

座敷一面に幾枚もの着物や帯が広げられていた。鮮やかなものもあれば渋いものもある。色と柄の洪水だった。その真ん中にぽつねんと男が座っていた。女物の襦袢《じゅばん》だけ身につけた男は、なにを見るでもなし、気が抜けたようにぼうっとしている。白髪まじりの、少し老いはじめた男。目が落ち窪《くぼ》み、えらの張りが目立つのは、頬が痩《こ》けているせいか。今は化粧もせず、頭巾も被っていないが、それは紛れもなく「加納屋」の主人だった。

「加納屋さん、丸藤でございます」

里久が今一度挨拶すると、やっとその声が届いたようで、男の顔がこっちへ向いた。と、表情《かお》がさっと険しくなった。

「遅かったじゃないか、待ちくたびれたよ」

「加納屋」の主人は尖った声を返してきた。

「すぐに教えておくれ」

そう言われても部屋は足の踏み場もない。

「まずはお着物を」

言いかける里久を遮って、主人は座敷に敷き詰められた着物を邪険に部屋の隅に押しやった。

「鏡台はそこにあるからさっさと教えとくれ」

長吉が慌てて部屋を見回し、簞笥のそばにあった鏡台を急いで主人の前に据えた。

里久は、茶を運んできた奥向きの女中に、水を張った盥を持ってきてくれるよう頼み、待っている間に、鏡台にあった白粉三段重の磁器に、「つやつや花白粉」で白粉溶《おしろいとき》をつくった。盥の用意が整うと、鏡台の前に座っている主人が勢いよくもろ肌を脱いだ。男の裸など漁師の男たちで見慣れている里久だが、桃なら悲鳴をあげただろう。連れてこなくてよかったと、里久は心底思った。

長吉が「加納屋」の主人に肩掛けをし、紐を結ぶ。主人があの日「丸藤」で選んだものだ。

「わたしが買ったのと同じ白粉なんだろうな」

主人が向き合う里久をぎろりと睨んだ。

「もちろんでございます」

白粉溶を手に取り、里久は答える。

「では塗ってまいります」

主人は目をつむった。

「ここで大事なのは、白粉溶をいっぺんに顔につけないことでございます」

里久は桃に教えてもらったように、主人の額に白粉溶をつけ、塗り広げていった。両の頬、鼻、口――。ここまでなんとか順調だ。次は刷毛でのばせばいい。

里久は鏡台にあった刷毛に少し水をつけ、主人の顔を刷いた。だが、

「あれ……」

白粉が上手くのびない。そんなはずはない。しかし刷いても刷いてものびない。それどころか、斑《むら》になってゆく。里久は困惑した。

「ほらごらん。やっぱり嘘じゃないか」

鏡を見て主人は言う。

「いえ、そんなはずは。わたしはこのやり方できれいに――」

里久は再度試してみる。でも斑はいっそうひどくなるばかりだ。

「上手くできないのは、わたしが男だからってごまかす気だね」

「お嬢さんは決してそのような方ではございません」

長吉が言い返した。

「おだまりっ」

「加納屋」の叱責《しっせき》が飛ぶ。

なぜ？　どうして？　里久には解せなかった。桃も男の肌は違うから難しいと言っていた。だがこれほどまでとは思わなかった。顔の脂が白粉を弾《はじ》くのだろうか。しかし理由はそれだけか。肌以外のなにかが違うのではないだろうか。でもなにが違う――里久は一つ一つ確かめていった。白粉は同じ。水か、溶かし具合か、いや、指では塗れたのだ。なら――。

里久は手に持っている刷毛に目をやった。桃も使っている刷毛だった。これも同じだ。

「あっ」

しかしよく見ると、顔を刷いた後の刷毛は毛先が割れ、毛の長さも斜めにすり減って不揃いだった。「加納屋」の顔にも抜けた毛が数本張りついている。

きっとこれだ――。

「加納屋さん、この刷毛は傷みすぎております。これでは上手く塗れるはずがございません。今小僧を店に走らせ、すぐに新しい刷毛を持って来させますので。長吉、これと同じ刷毛を一つ」

里久は取ってくるよう長吉に伝えた。しかし、

「いらないよ！」

主人は言うなり、里久の手からものすごい力で刷毛を奪い取った。

「これはうちのやつが大事に使っていたものだ」

「しかし、それではきれいに白粉はのばせません」

「わたしはこれでないとだめなんだよ」

主人は手にした刷毛をぎゅっと握った。

「加納屋さん……」

主人はゆっくり里久を見た。

「お前さん、今日は『おれ』って言わないんだね。うちのやつは……あいつはさ、こっちに嫁いで来たころは、自分のことを『わたい』って言っていたんだよ。そのたびに姑《しゅうとめ》に叱られていてねえ」

嫁に来たのは十五の齢《とし》だったと、「加納屋」はつづけた。

十五――。桃と同じ齢だと思いながら、里久は話に耳を傾けた。

「下総の醤油問屋の末娘だった。高瀬舟の船持ちの河岸問屋からすすめられた縁談でね。体は弱いが器量はいい。子は望めそうにないが、なに、欲しけりゃ他でつくればいいから どうだい、とな。こっちは河岸問屋あっての商売だ。断れるはずもない。これも商いのた

めと思ってあいつをもらったよ」

　大人しい女だったと主人は言った。

「寄る辺ない江戸で、土地にも言葉にもなかなか馴染めず、今思えば、大人しくしているよりしようがなかったのかもしれない。けどわたしはつまらない女だと思ったんだ。嫁にしたことを後悔もした。結局うちのやつに子はできなかったよ。でもね、さんざん女遊びをして、どの女も孕《はら》まなかったんだ。理由《わけ》はこっちにあったんだろうよ」

　外は雨脚が強くなったようで、さっきまで聞こえていた人足たちの声が消えていた。

「あんたうちの商売がどんなものか知ってるかい」

　主人は里久に問うた。

　里久はうなずく。滝と桃から教えてもらった。

「空船にいろんな荷を積む商いだと聞きました」

　主人はそうだと答えた。

「なら、荷を積んだ船が関宿《せきやど》までの間に難破したら、いくらかの責任をこっちが負うっていう決まり事があることも知っているかい」

　里久は、今度は首を横にふる。

「ですが、そんなことは滅多に起こらないのでは」

　里久の後ろで控えていた長吉が、口をはさんだ。

「それが起きたんだよ。十年前にね」

川底の岩にぶつかったのか、はたまた流木にでもあたったのか。

「船底に穴があいてねえ。船も積んでいた荷もぜんぶだめになっちまった。さあ大変だ。こっちに百両ほどの請け合い金が回ってきた。払わないと取り決めに背《そむ》くことになる。そうなりゃ、店の信用はガタ落ちだ。だが払ったとしても、そのときの『加納屋』には商いが傾くほどの額だ」

「で、どうしたんだい」

里久は思わず素の物言いに戻り、身を乗り出した。長吉も固唾《かたず》を呑む。

主人は里久ににやっと笑った。

「うちのやつがぽん、と出したのさ。百両もの大金を」

ぽかんとしている里久に、主人は「な、驚くだろ」とおどけてみせた。

「なにが欲しかったのか、貯めに貯めた臍《へそ》繰《く》りの金さ。でも元はといえばわたしが稼いだ金。礼なぞ言わなかったね。女房として当然さ」

主人は、里久のへの字に曲がった口を見て、「おや不満そうだ」と笑った。だがすぐにその笑いを顔から消した。

「わかっているよ。そうだよ、違ったんだ。見てごらんよこれを」

主人は、さっき部屋の隅に押しやった着物を引き寄せた。

「ほら、これも、これも。これもこれもこれも」

一見きれいに見える着物はみな、人の目に触れないところに継ぎがあたっていた。

「この襦袢だって」

主人は片腕を上げた。着物の袖口から見えない袖のあたりに継ぎがあたっていた。よく見ると袖ばかりではなく、袂《たもと》や肩や身頃のあたりも継ぎだらけだ。

「よそ様の目に触れるところは店の格を貶《おとし》めないように装って、見えないところで辛抱して。これだって、こんなになるまで……」

主人の刷毛を握る手が震えていた。

「刷毛のひとつも買わず、爪に火を灯すようにこつこつ貯めていたなんて――わたしは、あいつが死ぬまで知らなかった。知らなかったんだ。優しい言葉の一つもかけてやらなかった。どこにも遊びに連れていってやらなかった。なのにあいつは微笑《わら》っていた。いつも微笑っていたんだよ」

おせん――。

主人は声にならない声で、今はいない女房を呼んだ。

そして畳を這い、周りの着物を掻き集め、胸に抱えた。だがすぐに、その着物を放り出した。

「そうだ、わたしは白粉の途中だった」

主人はまた鏡台に向い、毛先の割れた刷毛で顔の白粉をのばしはじめた。力を入れて黙々と、斑《むら》になってもただ黙々と。のばすたび、肩掛けの紐の先の鈴が鳴る。鏡台の合わせ鏡を凝視し、刷毛を動かしつづける主人の目には、里久の姿も誰の姿も映っていない。「加納屋」の主人はもう、ひとりきりの世界に沈んでいた。

「それじゃあ」

何度やってもきれいに塗れない。そう言おうとした里久の腕を、長吉がそっと引いた。

「里久お嬢さん、帰りましょう」

里久と長吉は静かに障子を閉め、廊下に立った。

雨はまだやまない。

里久は離れの廊下を母屋へ進んだ。だが、まだ鳴りつづける鈴の音に、里久は足をとめ振り返った。来たときには気づかなかったが、庭の片隅に紫陽花が植わっていた。亡くなったご新造さんが植えたのか。紫色の花が静かに雨に濡れていた。しっとりと淡くやさしい紫の花は、「加納屋」の主人が「丸藤」で手に取った肩掛けの紫陽花によく似ていた。

里久は、「加納屋」の主人がなぜ化粧をするのかわかった。

亡くなったご新造さんに会おうとしているんだ――。

しかし人が錦絵の美人のようになりたくても、絵の中の女になれないように、花のようになりたくても花にはなれないように、化粧をしても、着物を着ても、「加納屋」の主人は死んだ女房になれはしない。よく知っているのに、知らない自分に出会うだけだ。ただ残された者ができるのは、面影を追うこと。過ぎ去った日々に使っていた同じ刷毛を頰にあて、消えてしまった温《ぬく》もりを追い求める、ただそれだけだ。

それを笑ったりなんかしない。滑稽《こっけい》だなんて思わない。そんな偲《しの》び方が、そんな化粧があってもいいじゃないかと、里久は思う。


ドンッ。夜空に花火があがった。

戻り梅雨がやっとやんで喜んでいたら暑さが増し、そして今夜は大川の川開きだった。

「姉さん早く早く、はじまっちゃったわ」

桃が伊勢町通りで手をふる。

「待っておくれよー」

里久は着物の袂を翻《ひるがえ》し、「丸藤」の前の本両替町通りを走って桃に追いついた。

「姉さん、あれ」

追いついた里久をつかまえ、桃が耳打ちする。

「ほらあそこ、橋の上」

見ると中之橋の上に「加納屋」の主人が立っていた。

頭巾を被っているが、夜目にも白粉の白い顔がわかる。着ている物も身幅の狭い女物の着物だ。橋で花火見物をしている周りの者たちの好奇な目も気にせず、ただ花火のあがる東の空を見上げている。

ドンッ、とまた空に大輪の花が咲いた。

見上げる「加納屋」の主人がふっと笑った。

亡くなったご新造さんと語り合っているように、里久には見えた。

第七章　追慕

「ちょいと聞こえているのかえ」

机の前に座っていた里久は、腕を揺すられ、はっと我に返った。

目の前に合わせ鏡を抱えた町屋のおかみさんが立っていた。

「さっきから何度も声をかけたんだよ」

鏡磨きを頼みに来たおかみさんは、怪訝《けげん》な顔をして里久を覗き込んでいる。

「ああ、ごめんなさい。なんだかぼうっとしてしまって」

「おやおや、お年頃ってやつかい」

急いで鏡を受け取る里久に、おかみさんは笑う。里久も調子を合わせて明るく笑った。

だが、おかみさんが帰ると里久はまた「ほう」と溜め息を洩らした。

「大丈夫かのぅ」

そばの土間で鏡を磨いていた彦作が、心配げに里久を見上げる。

「はは、大丈夫大丈夫。ごめんよ」

店の暖簾《のれん》についっと燕《つばめ》の影が通り過ぎた。しばらくして賑やかな雛《ひな》の囀《さえず》りがした。毎年、隣の蠟燭《ろうそく》問屋の軒先に巣をつくっているのだと番頭が教えてくれた。長吉など、そろそろ雛が孵《かえ》るころだと、暇さえあれば巣の様子をうかがっていた。今も店内に姿がないから、きっと見にいってるに違いない。

「どれ、わたしもちょいと見てくるかな」

里久は勢いよく立ち上がった。と、キーンと耳鳴りがした。体が揺れ、周りの景色がぐるりと回る。

「里久お嬢さん」

彦作の呼ぶ声が遠くに聞こえ、驚いた顔がゆらりと歪《ゆが》んだ。

彦爺、どうしたんだい。そう言おうとしたら、里久の目の前は真っ暗になった。


空には入道雲が盛りあがり、その下に青い海が広がっていた。

里久の足許に波が押し寄せる。白い泡が立ち、冷たい飛沫《しぶき》がかかる。鴫《しぎ》が細く長い嘴《くちばし》を砂浜に刺している。蟹《かに》を捕まえたのか、それとも沙蚕《ごかい》か。潮が引いていく。現れた磯の岩場で海虫《うみむし》が這い、岩場の窪《くぼ》みには小さな巻貝が塊になってへばりついている。潮溜まりには磯巾着《いそぎんちゃく》が揺れ、小さな海老《えび》が忙《せわ》しなく脚を口へ動かしている。潮がまた満ちはじめ、里久の体を浸していく。

海の底にいる。見上げれば海面から陽が降りそそぎ、まるで淡い光の棒のようだ。いくつもの光の棒の間を鱸《すずき》が悠々と泳ぎ、烏賊《いか》がまるで空を飛ぶように通り過ぎてゆく。わかめが潮の流れに身をまかせ、静かにおじぎをする。

「おいさあー、おいさあー」

声が聞こえてきた。裸の男たちが船の上で掛け声をあげ、網を引く。鰯《いわし》の群れが跳ね、銀の鱗《うろこ》が飛び散り光る。男たちの真ん中で兄が大漁だと叫んでいる。艫先《ともさき》で叔父の刺子半纏《さしこばんてん》が風に翻《ひるがえ》っている。浜で女たちが魚を干し、爺さま、婆《ばあ》さまが網を繕《つくろ》い、孫をあやす。火の爆《は》ぜる音がした。叔母が囲炉裏《いろり》のそばに、ほほ笑んで座っていた。

ああ、品川だ。浜の家だ。江戸にいたはずなのに。そうか、あれは夢か？　夢を見ていたのか。それにしても長い夢だった。おっ母さん、聞いておくれよ。なんだか変てこな夢を見てね。

叔母が立ち上がり、戸口から出ていく。

あれ、おっ母さんどこにいくんだい？　おっ母さん。

里久は目を開けた。

桐《きり》の箪笥《たんす》の香りがする。里久はわかる。ここは日本橋伊勢町の小間物商「丸藤」。奥の自分の部屋の寝床なのだと。そしてあれは夢だと知る。

部屋は静かで、潮の香りもしない、海もない。兄も叔父も、そして叔母もいない。

おっ母さん――。

里久の目尻から涙が流れた。

廊下で父の藤兵衛と母の須万の話し声がする。なにを話しているのか聞こうとしたが、里久にまた深い眠りがやってきた。


里久の寝息がまたしはじめて、廊下に立っていた須万は、白い障子から眩《まぶ》しい庭に目を戻した。

医者は里久を診《み》て、江戸の暑さに参ったのだろうと見立て、滋養のあるものを食べさせてやれと言って帰っていった。

このところ里久の食が細くなっていたのは、須万も気がついていた。長梅雨が明けた途端、蒸すような暑さがやってきて、須万自身も少々体にこたえていた。だから医者の見立てに素直にうなずいた。うなずいたのだが、里久が倒れたのは暑さのせいばかりでないように須万には思えた。近頃の里久はあまり笑わない。それがそう思える理由だった。

「この家に戻ってからずっと気を張っていたからな、疲れが出たんだろう」

廊下で一緒に庭に目をやっていた藤兵衛が言った。

てしまう。

「お前さまは、里久が倒れたのはわたしのせいだと、そうおっしゃりたいのですか」

「なにもそんなこと言ってやしないじゃないか」

藤兵衛は、お前はよくやっているよと慌てて言いたしたが、しかし須万にはそう聞こえ

着る物から言葉遣い、箸の上げ下げまで、口やかましく言ってきた須万だった。それも

これも、すべてあの子のため。母として当然のことをしているまでだ。けれどあの子はそうは思っていないだろう。その証《あかし》に、今もあの子はわたしによそよそしい。

「元気になった幼い里久を迎えにいったあのとき、義妹《いもうと》に恩知らずな女と罵《ののし》られようと、あの娘《こ》をこの家に連れて帰るんだった」

だが迎えにいったあの日、見違えるほど丈夫になり、日に焼けて真っ黒になった里久は、もう須万の知っている里久ではなかった。

義妹の背にしがみつき、実の母をまるで他人のように見上げる里久の目が忘れられない。そんな娘を無理矢理連れて帰るなど、須万にはできなかった。

いや、わたしはあの日に怯《ひる》んだのだ。娘として育てていけるのか、それが不安で怖く、連れて帰ることから逃げてしまったのだ。

——それがやはりまずかった。

ここに帰ってきた里久は、娘盛りというのに、どこから見ても漁村出の娘だった。今は

幾分ましになったが、まだまだ躾《しつ》け直して、この「丸藤」の跡取り娘として恥ずかしくない者に仕込まねばならない。その道のりのなんと遠いことか。

毎日あの娘を見るたびに、あの日どうして、と須万は悔やまれてならない。

「須万、焦るんじゃないよ。今は里久が元気になることだけを考えようじゃないか」

藤兵衛はそれ以上なにも言わず、水鉢の金魚を見つめている。須万も水鉢を見た。緑色の水の中で、金魚の赤がいっそう鮮やかだった。


里久が倒れてから一回り（七日）になろうとしていた。

その間、里久はずっとうつらうつら眠っていた。時々うっすらと目を覚ます里久に、傍らにいる者が粥《かゆ》を食べさせる。里久は少し口にするだけで、またすぐに目を閉じてしまう。そのくり返しだった。

今日は昼になっても里久は目を覚まさない。

「里久お嬢さんはいったいどうなっちまうんでしょう」

長吉は寝ている里久のそばに座って洟《はな》を啜《すす》った。

「どうって、元気におなりになるに決まっているじゃないか」

長吉の隣で女中の民が慰める。しかしそれは自分に言い聞かせるようでもあり、また願い事を唱えるようでもあった。

「そうですよね」

長吉だってそう思いたい。でも眠りつづける里久の姿に、涙はこぼれるばかりだ。

考えてみれば、と長吉は思う。

里久お嬢さんが今年の初めに、ここへ戻ってらしてからまだ半年だ。でも──。

「お民さん、白状すると、わたしはずっと奉公がつらかった。朝早く起きて、手がしびれるほど冷たい水で掃除して、やっと勤めが終われば夜の手習い。いつも腹をすかせて、番頭さんたちに叱られて……。でも、里久お嬢さんがお戻りになってからというもの、そんなつらい奉公も辛抱できるようになりました。紅猪口《べにちょく》塗りだって楽しくって、わたしは……」

里久にあれこれと教えた長吉だったが、反対に里久に仕事の面白さを教わった。はじめてこの商いに張り合いを覚えた。お客の顔を見て、気持ちを汲《く》み取るように心がけるようにもなった。奉公は今もつらいことがいっぱいある。でもすぐに前を向くことができた。

「ほんとうだねぇ。わかるよ」

民はべそをかいている長吉の背を撫でた。

「前はさ、食事だってみんな黙って食べていたじゃないか。それが仕来たりだと言われればそうなんだろうけど、でも今は誰かしらが美味《おい》しいよって言ってくれる。それがもううれしくってねぇ。お嬢さんが戻られて、みんなが前より互いに話すようになった。笑うようになったよ。そりゃあ、お嬢さんにはびっくりさせられどおしだ。でもね、この家も店も、あたしたちも、みんないい方へ変わっていっているよ」

ぜんぶお嬢さんのお蔭ですと、民は布団の上の里久の手をそっと包んだ。

「ほんに里久お嬢さん、どうしちまったんですよ。民です、民がおわかりですか」

「お嬢さん、長吉です。聞こえますか。また一緒に紅猪口に紅を塗りましょうよ。一緒に堀を眺めましょう、里久お嬢さんっ」

長吉は辛抱しきれず民の太い腕に縋《すが》りつき、民も里久の手をさすりながら涙ぐんだ。

そんなふたりの耳に、廊下を踏む大きな足音が聞こえた。店の方からこっちへ近づいてくる。「お待ちを」という手代の声も聞こえる。

「どうしたの？」

内所《ないしょ》にいた桃が足音に気づいたようで、慌ててこっちへやってくる衣擦《きぬず》れの音もする。

障子に桃と、大きな人の影が映った。なにかを担いでいるようだ。

「まあ、耕之助さん」

影は米問屋「大和屋」の次男坊、耕之助だった。

「里久が寝込んでいるんだってな」

今朝、堀沿いの道で鏡磨きの彦作に会って聞いたという。

やけにしょんぼり歩いていて、どうしたと声をかけたら、里久のことを知らされたと耕之助は話した。

「いるんだろ」

耕之助の影が障子に手を伸ばした。それをとめようと桃の影も動いた。だが耕之助の方が一瞬早く、障子は勢いよく開けられた。

部屋に昼の明るい陽射しがなだれ込み、どこにいるのだろう、キジバトの長閑《のどか》な鳴き声が聞こえてきた。

「おい、里久どうした。鬼の霍乱《かくらん》か。見舞いを持ってきてやったぞ」

耕之助は米俵を担いでいた。その耕之助の顔がみるみる変わっていくのが長吉にもわかった。笑いが消え、戸惑いだけが顔に残っている。

耕之助は米俵を廊下に下ろした。視線を里久から布団のそばにいる民、長吉へと移し、再び隣に立つ桃へと戻した。唾を飲み込んだのか、耕之助の喉仏が上下する。

「……どこが悪いんだ」

「どこがってわけではないらしいの。だけどずっと眠ってて。時々は目を覚ますのだけど」

桃は伏し目がちに答えた。

「姉も、寝込んでいる姿なんてほんとは見せたくないだろうけど、耕之助さんだものね」

桃は部屋に入ると「どうぞ」と耕之助を招き入れ、そっと障子を閉めた。

部屋はまた薄暗く静かになった。

「昼はなにか口にしたの？」

桃の問いかけに、民は冷めた粥に布をかけながら首をふった。

「大丈夫です。里久お嬢さんはお元気になられます。必ず」

長吉は、涙で濡れた頬を袖でごしごしこすりながら、呆然《ぼうぜん》と立ち尽くす耕之助を見上げた。


少しだけならと、桃の計らいで耕之助は里久と部屋にふたりきりになった。

寝床の脇で胡坐《あぐら》をかき、痩せて蒼白《あおじろ》い里久の顔を眺めていた耕之助から、溜め息が洩れた。あははは、と豪快に笑う里久しか知らないと思っていたが、そういや子どものころはこんなふうだったと、耕之助は思い出した。

「ガキのころのお前《め》ぇが戻ってきたようだぜ。小さくって、細っこくて、おまけに生っ白《ちろ》くってさ。こうやってよく寝込んでいたよな。俺はそのたんびに遊びにきてやってさ」

耕之助が七つ。里久が四つのころだった。

そっと障子を開けたら、幼い里久は、口からぜいぜいひゅーひゅーと北風のような息をさせていた。しかし耕之助の顔を見ると、蒼白い顔にぽうっと血の気が差し、うれしそうに笑った。

家から出られない里久は、耕之助が来るたびに影絵遊びをしてくれとねだった。行灯《あんどん》の焔《ほのお》に手をかざし、物の形を襖《ふすま》に映し出す遊びだ。耕之助は、うさぎや狐《きつね》、蝙蝠《こうもり》に鳶《とび》、いろんな影を拵《こしら》えてやった。はじめはそれだけで喜んでいた里久だったが、そのうち影でお話を作ってくれと言い出した。

「俺は必死で考えたさ。うさぎと狐の喧嘩《けんか》話だろ。お隣さん同士で暮らしているんだが、どっちも互いをうるさいといって怒るんだ。憶えているか」

話しているうちに、耕之助の中にあのころのあの懐かしい日々が鮮やかに蘇《よみがえ》ってきた。

「そのうちお前ぇも話を作り出してよ。けど驚くじゃねえか、幼いお前ぇが作った話が、蝙蝠と鳶の悲恋話なんだからよ」

互いに好きあった同士なのに、蝙蝠は鳶が生きる昼間にはいられない。鳶も蝙蝠が生きる夜には眠りの中だ。陽が落ちる前の一瞬だけ、鳶と蝙蝠は互いに会える。

「小《ちい》せえのに、よくこんな切ねえ話がつくれるもんだと感心したよ。今思うと、あれは自分のことを話してたんじゃねえのか？　外で遊び呆《ほう》けてる俺と、病気がちで部屋から出られねえお前ぇのことをよ。でも参ったぜ、お前ぇは自分でつくった話なのに可哀想だといって泣いてさ」

何度も泣くもんだから、耕之助はとうとう須万に怒られた。

「まるで俺が虐《いじ》めてるみてえに叱られたんだぜ」

耕之助はくくっと小さく笑った。

里久の薄い体を覆う布団が、わずかに上下する。島田が解《ほど》かれ、横でくくった髪が息に細かく震えている。唇にかかりそうな髪をそっとよけてやれば、肉の削《そ》げた頬が露《あらわ》になった。

耕之助は迷ったが、里久の手にそっと触れた。ひんやりして細くて華奢《きゃしゃ》な手だった。

「やっぱり女の手だな」

里久の手の、伸びた爪を見つめながら耕之助はつぶやいた。

この日の夕方、彦作は中庭に立った。

鉢の水の半分を庭にまき、澄んだ水をそそいだ。緑色が薄まり、覗き込んだ水鉢の中で、赤い金魚がよく見えた。いつの間にか、金魚はけっこうな大きさになっている。

鉢から空を見上げれば、青かった空は茜色を帯び、今日という日が暮れようとしていた。

燕が高く飛んでいる。

かたりと音がして目を戻したら、こちらも薄く茜色に染まった障子が開き、里久の部屋から民が出てきた。盥《たらい》を抱えている。

「あのう」

彦作は声をかけた。

「あら」

台所に戻りかけた民が足をとめ、店ではなく中庭にいる彦作に驚いた。

「そのう、桃お嬢さんにお頼みしまして」

「ああ、金魚の水を替えてくれたんですか」

彦作が持っている手桶《ておけ》と柄杓《ひしやく》を見て、民は合点した。

「あたしはそこまで気づきませんでしたよ。里久お嬢さんがお喜びになりますよ。可愛がっていらしたから」

「わしにはこれぐらいのことしかの」

それが歯痒《はがゆ》い彦作だった。

「それで、お嬢さんはどんな具合かのう」

「まだ眠ってらっしゃいますよ」

民は首をふった。そのまま台所に戻りかけた民だったが、くるりと彦作に向き直った。

「そうだ彦作さん、お嬢さんに話しかけてみてくれませんか」

「わ、わしがですか」

「ええ。昼間は耕之助坊っちゃんがお話しされていかれましたし、きっとお嬢さんは彦作さんの声もお聞きになりたいんじゃありませんかねえ。いつもお店でご一緒でしたし。眠っていらっしゃいますけど、お耳には届いていると思いますから」

「そ、そうかのう」

民は戸惑っている彦作に、部屋へ上がれと手招きした。

「ほら早く」

「いや、その、わしはここで。汚れてもおるし、それにわしみたいな者《もん》はここからで十分じゃ」

民の勢いに呑まれおずおずやってきた彦作は、廊下にも上がらず沓脱《くつぬ》ぎ石の前に立った。

「そうですかあ」

じゃあ、と民は障子を少しだけ開けた。

「さっきお体をふいてさしあげたところですし、風が通るほうが里久お嬢さんも気持ちいいでしょうから」

そう言って民は台所へ戻っていった。

彦作の目に、細く開いた障子の間から、布団に寝かされている里久の手が見えた。陽が翳《かげ》り、部屋も薄暗いからだろうか、里久の手はやけに白く見えた。元気に「彦爺ぃ」と手をふってくれた同じ手とは思えないほどに。手でこれなのだ。面差《おもざ》しはいったいどうなっているのか。彦作は手だけが見えるその場所から怖くて動けなかった。

「なにを話せばええんかのう」

彦作はしばらく黙って立っていたが、沓脱ぎ石に膝をつき、障子の向こうの里久に話しかけた。

「お嬢さん、わしはな、お嬢さんと出会う前は、もうどうなってもええと思っておったんじゃ。どこで野垂《のた》れ死《じ》んでもええとな。人には心ちゅうもんがあるじゃろ。わしの心は、なんというか、そうさのう……迷子、そう、迷子になっとった。けんどお嬢さんと出会うての、どっかいっとった心が、ちゃあんと体に帰ってきおった。気づいたら、毎日がおもしろうて、楽しゅうてのう。久しぶりに、生きとる、そう思えた。生きる光いうのかのう、そんなもんが見えたような気がした。みんなお嬢さんのお蔭なんじゃ」

店の土間で鏡を磨くときも、白粉《おしろい》につける肩掛けの絵柄を、どんなものがいいか訊いてくれたときも、光の中に包まれているようだったと、彦作はつづけた。

「お嬢さんもわしと同じとは言わんが、よう似ておるんと違うんかのう。心が迷子になっとる。なんでそんなふうになってしもうたのか、わしはな、あの男のことが胸にこたえたからじゃなかろうかと、そう思えてならんのじゃよ」

奥川筋船積問屋「加納屋」の主人のところから帰ってから、里久の様子は変わった。物思いに耽《ふけ》るようになり、ときにはひどく沈んでいるように彦作には見えた。

「里久お嬢さんは、人の気持ちをようわかりなさるでのう。人の悲しみを自分の悲しみのように受けとめなさる。……わしにはできんことじゃった」

彦作は両手を広げ、鏡磨きでできた豆だらけの掌《てのひら》を見つめた。

水鉢の金魚がぱしゃりと跳ねた。

風が吹き、庭の楓《かえで》の青葉がさわさわと鳴った。

陽が沈み、辺りは急に暗くなってゆく。

彦作は懐から枇杷《びわ》の実をふたつ取り出すと、そっと廊下に置いて立ち上がった。


昨日に引きつづき、今日も耕之助が米俵を持ってきた。二日つづけて米俵だなんてと、桃が須万と笑い合い、一時賑やかになった内所がまた静まると、藤兵衛は夕餉《ゆうげ》の膳に箸を戻し席を立った。須万と桃の手がとまる。藤兵衛の皿には好物の葱《ねぎ》と青柳《あおやぎ》のぬたが手つかずのまま残されていた。だがふたりともなにも言わない。これから藤兵衛がどこに行こうとしているのか知っているからだ。


藤兵衛は内所を出、廊下を左に曲がり、夜の帳《とばり》が下りた暗い中庭を眺めながら奥へ進む。障子に行灯の灯《ひ》が滲《にじ》んでいる部屋の前でとまり、そっと障子を開けた。灯りの中、女中の民が、「旦那様」と頭を下げた。

「どうだい食べたかい」

「ええ、少しだけ」

民はほっとした顔を見せたが、「それでも今日はこれがはじめて口にされたもので」と藤兵衛に告げながら里久のそばの座をあけた。

蓋《ぶた》を強調させた。


「そうかい」

藤兵衛は座り、里久の顔を覗き込んだ。昼間よりも血色がよいように見えるのは、行灯《ま》の灯に照らされているせいであり、それがかえって影を濃くし、頰の瘦《こ》けや落ち窪んだ目

「ほう、枇杷かい」

枕許《まくらもと》に盆にのった黄色い枇杷の実がふたつ並んでいるのを、藤兵衛は気づいた。

「彦作さんがくださいまして」

せっかくだから下げずにそのままにしておくと民は話した。

「いい香りもいたしますし」

そう言われてみれば、ほんの微かだが甘い香りがする。

「そういえばこのごろ彦作は元気がないな」

「それだけ里久お嬢さんを心配していなさるんでしょう。なんたって彦作さんをこのお店に連れていらしたのは、里久お嬢さんでございますから」

「ああ、そうだったね」

思えばこの娘にはいろんな人との縁をつなぐ力みたいなものがあると、藤兵衛は思った。

彦作はもちろんだが、元々知っている者の縁もさらに深くする。下絵描きの茂吉。「大和屋」の耕之助も、里久がここに戻ってきてからよく顔を出すようになった。店の者たち

もそうだ。自分ではいい主人でいる気でいたが、うわべだけだったように思う。奉公人たちの気持ちの奥まで踏み込んではいなかった。どこかで信用していなかったのではないかと思う。だが新しい白粉に踏み切るときは違った。二の足を踏む自分の弱さを見せ、そして番頭を信じた。だからこそ「つやつや花白粉」や肩掛けが出来上がったのだ。

ぐうっと音がした。民の腹の虫だった。

「あらいやだ、お恥ずかしいことで」

民は顔を赤らめ、おろおろする。

「お前も疲れたろう。もうここはいいからさがりなさい。夕飯だってまだだろ？　ゆっくり食べておいで」

「いいえ、あたしはいつでもようございます」

民はむっちりした手を、顔の前でぶんぶんふった。

「お前にまで倒れられたら困るんだよ。どっしりとしていてもらわないとね」

「旦那様、どっしりはよけいでございます」

「おお、そうか、すまなかった」

「旦那様、そこは笑ってくださいませんと」

民は前垂れを口にあてくすくす笑い、「それではお言葉に甘えます」と部屋をさがった。

「ほらね、わたしに冗談まで言ってくれるほどになったよ。みんなお前のお蔭だ、里久」

藤兵衛は里久の額を撫でた。

幼いころ、寝込んでいる里久の額をこうして撫でてやったものだった。藤兵衛の掌で、額どころか顔の半分が隠れるほど幼かったころだ。あのころはいつも額は熱く、こっちを見つめる瞳は潤んでいた。けど今は、ちょうど掌ほどの額は冷たく、目蓋《まぶた》は閉じたままだ。

「わたしが悪かったのかねぇ。お前をこっちへ呼び寄せたせいで、お前とつながっていた縁をすべて切ってしまったのだから」

――それがどんなに心細いことか。

「わかっているようで、わたしはわかっていなかったよ」

守ってやれていると思っていたが、守るつもりが閉じ込めてしまっていたのやもしれん、と藤兵衛は思い悩む。

「お前はわたしの妹とよく似ている。品川のおっ母さんとな。あいつは化粧や着飾ることより舟の漕《こ》ぎ方に夢中の女子《おなご》だった。どうやったら上手く漕げるかってね。夕方になると舟の往来が少なくなった伊勢町堀で、問屋が雇っている艀舟《はしけぶね》の船頭なんかに教わっていたよ。おっ母さん、ああ、お前のお祖母《ばあ》さんは、そんな娘に弱りきっていた。泣きも怒りもした。それでもあいつはやめずに、とうとう堀から日本橋川を下って大川まで漕ぎ出てしまった。これにはさすがに参ったねぇ」

藤兵衛は懐かしそうに破顔《はがん》した。

「だが驚くのはここからだ。そんな妹をずっと見ていた男がいたんだよ。その男が後日、妹を嫁に欲しいと訪ねて来てね。それが品川の叔父さんだ」

品川の網元の跡取り息子で、世間を覚えるため江戸に出され、魚の仲買の家に奉公していたのだった。

「むろん両親は反対したよ。品川の漁師の、それも網元の嫁なんぞ務まらないってね。けど叔父さんは、両親の後ろに控えている妹にこう言ったんだ」

――ああ、漁師だ。それも網元だ。読み書き算盤《そろばん》ができるのはもとより、それに加え荒くれどもをまとめなくっちゃならねえ。女だからと嘗《な》められてもいけねえ。けどそれさえできれば、あとはお前さんの好きなことをしたらいい。

「その言葉であいつの気持ちは決まったよ。でも今まで暮らしてきた世界とはあまりにも違う。わたしは心配でならなかった」

だから藤兵衛は妹に言った。もっとよく考えろと。しかし妹は考えて決めたと言った。

――兄さん、わたしにはここは狭い。品川に行けばもっと楽に息ができると思うのよ。

そう言って夫になる男に向かって笑った妹の表情は、爽やかな風に吹かれているようだったと、藤兵衛は昔を思い返した。

「なあ里久や、お前もここは狭いかい?」

藤兵衛は里久の額を撫でてつづける。

「けどね、わたしはお前にここにいてもらいたいのだよ。どこにも行かず、わたしのそばにいてほしいのだよ」

行灯の灯がジジッと鳴った。灯が揺れるとともに、部屋の中の箪笥や鏡台の影が大きく揺らいだ。藤兵衛は、部屋の隅に置かれた文机に目をやった。机の上には帳面があった。

藤兵衛は帳面を手にし、躊躇《ちゅうちょ》したが中を開いた。

「これは……」

藤兵衛は里久に振り返った。

「里久、お前にはやはりここは狭いかい」

藤兵衛は長く重い息を吐きながら帳面を閉じ、懐に仕舞った。

藤兵衛が出ていくのを待って、桃は里久の部屋の行灯に油をさしにいった。

行灯の障子張りの戸を引き上げ、皿に菜種《なたね》油を継ぎたす。灯芯《とうしん》を少し長めにし、灯を大きくして戸を戻した。里久は、額と鼻の先と頬骨に灯の色を映して、今も眠っている。

「姉さん」

桃は里久へにじり寄り呼びかける。

「今日、茂吉さんがお店に来て、これを姉さんにって渡していきなすったんですって」

桃は懐から一本の手拭いを取り出した。

「姉さんのために描いたんですってよ」

桃は手拭いを広げた。竹だった。竹林だ。

「竹のように強く元気になりますようにって。それに竹はどこか姉さんに似てるからって。

そうね、天にまっすぐ伸びる姿は、なんでも突き進む姉さんにそっくりね。だけど……」

桃が里久を見立てるなら、もっと別なものだと思った。

たとえば鳥や魚。ひとつ所にとどまらず、何処《どこ》にでも好きなところにいけるものたち
――。

桃が大松屋の茶会の帰りに買い求めた金魚を姉は見つけると、「これじゃあ可哀想だよ」とすぐさまビードロ玉の中から庭の水鉢に放してやっていた。水面で金魚が口をぱくぱくさせれば、「ほんとは金魚にとっちゃあここだって狭すぎるんだ」そう言ってせっせと水を替えていた。

姉さんも同じじゃないかと桃は思ってしまう。

この伊勢町も、この家も、姉さんにとっちゃあ狭すぎて、息ができないほど苦しいところなんじゃないかって。

「ねえ、そうなの？」

だから姉さんはとうとう――。

枕許には枇杷があった。台所には耕之助が持ってきた米俵がある。そして桃の手には茂吉の手拭い。こんなに心配している人たちがいるのに、それでもここではだめなのか。

「わたしは姉さんが羨ましくってならないのに」

桃は好いているひとの名を呼んだ。

「耕之助さん――」

足音もなく障子が開いた。母の須万が暗い庭に溶け込むように廊下に立っているのが、行灯の灯りの端にどうにか見えた。

「まだここにいたんだねえ」

部屋に入ってきた須万は、仕立て物を抱えていた。里久にと縫っている夏の薄物の着物だ。

つい先日、家にやって来た呉服屋の手代を、そんな気になれないからと追い返そうとした須万だったが、手代が持っていた藍染めの絽《ろ》の反物に目がとまり、こんなのがあの子には似合うのかもしれないと、買い求めたものだった。

「おっ母さま」

桃は、母に耕之助の名を聞かれてしまったと恥ずかしくなった。しかしそれよりも、今は不安のほうが勝《まさ》り、須万に訊ねずにはいられなかった。

「姉さんはこのままどうなってしまうの」

そんなこと、母も答えられないことぐらい、桃だってわかっていた。須万も不安の中にいるのだ。だから決まりきったことしか言わない医者にも、毎日往診を頼んでいる。

須万はやはり答えない。そのかわり「もうお休み」と桃に言った。

「あとはわたしが看《み》るから」

桃を立たせ、須万が座る。里久の様子を窺《うかが》い、黙って縫い物をはじめた。

縫い目が霞《かす》んで、須万は目頭を揉《も》んだ。いつの間にか行灯の灯が小さくなっていた。これでは目が疲れるはずだ。家の中はことりとも音がしない。民が様子を見に来てからもう一刻は過ぎている。そろそろ夜の九つ（午前零時）ごろか。須万は油をさそうと仕立て物を横へやった。と、里久が目を覚ましているのに気がついた。

「里久、具合はどうだえ。なにか食べるかえ」

須万は矢継ぎ早に里久に訊いた。が、里久はぼんやり天井を見つめている。

「粥があるよ。そうだ、喉が渇いているだろ。白湯《さゆ》を飲むかえ」

「甘い……」

「えっ」

里久が掠《かす》れた声でつぶやいた。須万にとって、久しぶりに聞く娘の声だった。

「甘い匂い」

「ああ、枇杷だよ。彦作がお前のために持ってきてくれてね。食べてみるかえ」

須万は返事を聞くより早く枕許の枇杷を手にした。

薄い枇杷の皮は指で容易《たやす》くするりと剝《む》けた。濃い橙色《だいだいいろ》の実から汁が滴り、いっそう甘い香りを放つ。

「ほら、わたしに寄りかかって」

須万は懐紙を出し、一旦《いったん》枇杷の実を置き、里久を抱え起こした。茂吉が持ってきた手拭いを里久の胸元にあててやり、懐紙ごと、実を里久の口許へ持っていった。

「おいしそうだ。ほらお食べ」

だが里久は口を開けない。

「どうしたんだい、嫌いかえ」

里久は「ううん」と首を小さく横にふる。

「ならお食べよ」

「かぶりついても……おっ母さま怒らない？」

不安げな目が須万を見上げた。

須万の胸は潰れそうになった。

言葉遣い、箸の上げ下げ、着物に、茶や生け花の稽古。うるさく言ったのはみんなこの娘のためだった。「丸藤」の跡取り娘としての躾《しつけ》でもある。そうすることが母である己の務めと須万は思ってきた。

それに母親しか言ってやれないことがある、母親だから言わねばならないことがある。

他人様《ひとさま》は教えてはくれない。陰で呆れて笑うだけ。悲しい思いをするのは娘なのだ。恥なら一緒にいくらでも掻いてやるが、悲しむ娘の姿を見るのはやはりつらい。だからできるだけそんなことのないようにと、口うるさく言ってきた。愛《いと》しい我が子だからこそ、それが母の愛情だから、と。わたしはわたしなりに精一杯――でもそれが里久を追い詰め、こんなになってしまったのだとしたら。

みんなわたしのせいだ――と須万は思った。

「怒らないよ。かぶっとお食べ。枇杷はそれがいちばんおいしい食べ方だからね。遠慮はいらない」

須万が指で摘《つま》んでやると、里久は安心したように実を齧《かじ》った。

「おいしいかえ」

須万は口許の汚れをぬぐってやった。

里久はうなずき笑った。幼かったころの里久のように。

「そりゃよかった。ほら、もうひと口お食べ。そうそう」

「おっ母さま」

「ん、なんだえ」

「おっ母さまもいい匂いがするね」

「そうかえ？　なんだろ、お香の匂いかねえ」

「お香」

「ああ、きっと着物に焚《た》き染《し》めた白檀《びゃくだん》の香りだよ」

「白檀……おっ母さまはこの香りが好きなんだね」

「そうだねえ。改めて考えてみたことなかったけど、ずっとこのお香を使っているってことは、好きなんだろうねえ。里久、お前はどんな香りが好きだえ」

「わたし？　わたしは――」

里久がなにか言いかけたとき、思いがけず近くで大きな鳴き声がした。

ホッホッホッホッ。

「アオバズクだ」

「アオバズク……梟《ふくろう》のことかえ」

訊き返せば、里久は須万の胸にもたれたまま、もう眠っていた。

「里久……」

須万の手には大きな枇杷の種がひとつあった。その種を眺めていたら、たまらず涙が込み上げてきた。須万は種を握り、胸の里久を抱きしめた。「くぅ」と嗚咽《おえつ》が洩れる。

須万の嗚咽に応えるように、ホッホッホッホッ、とまたアオバズクが鳴いた。

第八章　潮騒

それからまた二日が過ぎた。

昼前、桃が長吉を連れ「丸藤」のお勝手から台所へ入ってきたとき、民は茶を淹《い》れていた。

「お民、姉さん起きているかしら。葛餅《くずもち》を買ってきたのよ」

里久の容態は相変わらずで、食欲も戻っていない。喉越しがいい葛餅なら少しは食べられるかもしれないと思い、桃は暑い日盛りの中、室町《むろまち》の菓子屋まで長吉を供に買いに行ったのだ。

「もうお得意さんが祭りで出す注文の数しか拵《こしら》えてないっていうのよ。でも、そこをなんとかって、無理を言って分けてもらってきたの」

今日から山王権現《さんのうごんげん》の祭りだった。氏子《うじこ》の町は、それぞれに山車《だし》を飾り立てる。大伝馬町《おおてんまちょう》の諫鼓《かんこ》鶏《どり》、南伝馬町《みなみてんまちょう》の猿というようにだ。宵宮《よいみや》の今日から町々をまわる。道沿いのお店は表に桟敷《さじき》をつくり、そこで見物しようと人がどっと集まり、通りはすごい騒ぎだ。店座敷には親戚や客たちが招かれ、夜通し賑やかに酒宴を催しながら翌日の本宮《ほんみや》を迎える。本宮の日には将軍様も城内でごらんになるため、祭りは俗に天下祭りとも呼ばれる。山車や練り物が列を成して城へと向かう様は荘厳《そうごん》だ。

「もう見物の人でごったがえしているわ。長吉に一緒についてきてもらってよかったわよ」

こっちはそれどころではないのに、世間は祭り一色だ。

「それにね、帰りに瀬戸物町《せとものちょう》のお稲荷《いなり》さんに寄って姉さんが元気になりますようにって、お願いもしてきたのよ。ね、長吉」

それまでも、両親や桃は病気平癒《へいゆ》で名の知られた寺神にお参りし、御祈禱《ごきとう》をしてもらい、お札ももらってきていた。それでも町に祀《まつ》られている神様を見つければ、桃は祈らずにはいられなかった。長吉が「はい」といい返事をした。

「どうしたのお民。さっきからだんまりで」

民の顔色は冴《さ》えなかった。それにさっきから妙にそわそわしている。

「あらお客様？」

民が茶を淹れているのは客用の茶碗だった。

「あの、お見えになっているんでございます」

と民は言った。

「誰が？」

「お、お兄さんでございます」

「お兄さん？誰の？」

民の話はさっぱり要領を得ない。

「嫌だなぁ、お民さん。どうしたんですか。しどろもどろですよ」

長吉が笑った。それを見て、民が苛々《いらいら》と言った。

「んもう、だからお見えなんでございますよ、里久お嬢さんのお兄さんが。品川から」

途端に長吉の笑いがやみ、顔が強張《こわば》った。桃も同じだ。

「ってことは、まさか里久お嬢さんはまた――」

品川へ、という言葉を長吉は飲み込み、桃を見た。

「なに言ってるの、姉さんはどこにも行きやしないわよ」

桃は、藤兵衛からも須万からも、そんなことは一言も聞いていない。

「本当でございますか」

民も同じことを案じていたようだ。

ふたりがほっとした顔を見せるのとは反対に、桃の胸には急速に不安が広がっていった。

「お民、品川のお兄さんって人は今どこに？」

「旦那様とご新造《しんぞう》さまとお店の小座敷のほうに」

桃は履物を脱ぎ捨て、台所の板間から廊下へ走った。と、ちょうど目の前を男が通り過ぎていくところだった。後を藤兵衛と須万が追いかけてゆく。

「お父っつぁま、どうなさったの」

桃は困惑顔の藤兵衛の許《もと》へ寄っていった。

「ああ、桃、こちらは品川の叔母さんところの太一郎《たいちろう》さんだよ。憶えているかい」

桃は、奥座敷へ折れる手前の廊下で立ちどまった男に目をやった。日によく焼けた、彫りの深い精悍《せいかん》な顔立ちの男だった。細縞《ほそじま》の小千谷縮《おぢやちぢみ》の上からでも、引き締まった体つきがわかる、ひと目で海の男と知れる若者だ。

「里久はどこなんです」

男は怒気を孕んだ口調で藤兵衛に問うた。

藤兵衛は口を噤《つぐ》み、観念したように先に立って廊下を曲がった。里久の部屋の前で足をとめ、そっと障子を開けた。

「里久……」

姉の姿を見て、男は立ち尽くした。が、すぐに我に返り、部屋の中へ飛び込んだ。

「里久っ、里久っ」

大声で名を呼び、姉の肩を揺する。

「そんな乱暴な――」

桃がとめようと慌てて部屋に入ったときだった。呼び声に応えるように、里久の目蓋《まぶた》が薄っすらと開いた。

「里久っ、俺だ、わかるか」

里久のぼんやりした目が男をとらえたと思ったら、大きく見開いた。

「……兄さん……太一郎兄さん……」

「そうだ里久、俺だ」

「太一郎兄さんっ！」

どこにそんな力があったのか、里久は床から半身を起こし、太一郎の胸に縋《すが》りついた。

みるみる顔をくしゃくしゃにし、子どもみたいに声をあげて泣き出した。桃にとって、はじめて見る姉の泣き顔だった。

太一郎は一回りも二回りも小さくなった姉を抱きしめ、こちらも子どもをあやすように里久の背をさすっている。

「兄さん、どうしてここにいるの」

里久は太一郎を見上げた。

「祭り見物さ。ほら親父が昔世話になった仲買の家があったろ。そこが今度本町に店を構えてな、その披露目《ひろめ》もかねての祭り見物に呼ばれたのさ。親父もお前ぇの様子を見てこいって言うし、俺も会いたかったしよ。どうせなら一緒に見物しようと思ってな」

江戸に着くなりその足でまっすぐ「丸藤」へ来たという。

「そうしたらもうびっくりよ。お前ぇが寝込んでいるなんて、こっちはちっとも知らなかったぜ」

太一郎は藤兵衛と須万を責めるように言い、

「もう見物どころじゃねえな」

と里久の涙をぬぐった。だが里久は「どうしてだよ兄さん」と言った。

「馬鹿野郎、弱ったお前ぇを前にして、そんな呑気《のんき》なことしていられるかってんだ」

「なんだ、そんなことか。大丈夫だよ、兄さん。わたし別にどこも悪くはないんだ。ただ、なんだかこう、体がだるくってさ」

「それは伯父さんからも聞いたけどよぉ……」

「見物に行ってきておくれよ。わたしはまだ見たことないから、祭りの様子を話して聞かせておくれ」

「けどなぁ」

「見物が終わったらまた戻ってきておくれよ。そうだ、ここに泊まったらいい。ねえ、いいだろ、お父っつぁま」

久しぶりに見る里久の笑顔に、藤兵衛は「ああ、もちろんだ」と答えた。

「……じゃあ、見物したらすぐ戻ってくるから」

「うん、待ってる」

太一郎は藤兵衛と須万に見送られ、一旦仲買商の店のある本町へ戻っていった。

「妹思いのお兄さんね」

桃が言うと、里久は照れ臭そうに下ろした髪を指先でいじったが、

「なんだか急にお腹がすいてきたよ」

と腹を押さえた。

「まあ、ほんとうでございますか。それじゃあお昼のお膳はしっかり召し上がってくださいまし。すぐに仕度をして参りますんで」

心配して長吉と一緒に廊下に控えていた民が、喜び勇んで台所へ走っていった。

桃から見ても、里久は明らかにさっきまでの里久とは違った。目に精気が戻っていた。うれしいことなのに、桃の胸に広がった不安は消えずにある。その不安を払うように、桃は明るく言った。

「そうだ姉さん、わたしね、長吉と葛餅を買ってきたのよ」

「いいね、じゃあ三人で一緒にどうだい」

桃は「ええ」と返事をし、長吉に笑いかけた。が、長吉は口を一文字に結び、じっと里

久を見つめていた。

「そりゃあすごかったぞ」

里久は、その夜のうちに「丸藤」に戻ってきた太一郎と久しぶりに枕を並べ、太一郎が興奮して話す祭りの様子を聞いていた。

「さすが天下祭りと言うだけのことはあるな。山車《だし》なんて船みたいに高くてでっかくてよ、てっぺんの飾りがまたすごいんだ。町ごとに違うんだぜ。鶏だろ、猿だろ、静御前《しずかごぜん》もいたな。あと神輿《みこし》だろ、そうそう、いちばん驚いたのは張り子の象だ。足に人が入って動かしてやがるんだぜ。みんな町中を練り歩いてよ。見物人がやんややんやと手を叩いて、そりゃあ立派で賑やかだったぜ」

「へえ、すごいもんだなぁ」

話のあまりのすごさに、里久はうまく想像できない。

「お、疲れやしねえか」

枕行灯の仄《ほの》かな灯りに、天井を向いていた太一郎が体ごとこっちを向いたのがわかった。

「大丈夫だよ。それより兄さん、戻ってきてくれなんて言ってごめんよ。本当は夜通し楽しんで、明日の本宮を待つんだろ。桃が教えてくれたよ。本町ならお城から出てくる山車を見物するのに、いちばんいい場所だって」

「いいんだよ、十分にお江戸の祭りを堪能《たんのう》したさ」

けどな、と太一郎はつづけた。

「やっぱり俺は浜がいいな」

「そっか、兄さんは浜がいいか……」

「泣いているのか」

里久は悟られまいと布団で顔を隠したが、洟《はな》を啜《すす》ったのが聞こえたようだ。

「こっちにこいよ里久」

太一郎の手が里久に伸びた。

里久は太一郎の手を握った。と、太一郎に引っ張られ、里久はあっけなく太一郎の胸の中にすっぽりおさまった。

太一郎から潮の香りがした。太一郎の息遣いが波の音に聞こえる。

「髪がすべすべだ」

太一郎は里久の髪を撫でている。

眠りが静かな波のように里久に押し寄せてきた。

「里久、お前ぇは自分のことを、おれって言わねえんだな」

里久に太一郎の声はもう聞こえない。

里久が眠りに落ちたあと、太一郎がそっと部屋から出ていったことも、里久は知らない。

いつもなら床に就いているころなのに、藤兵衛も、須万も、そして桃も、まだ内所《ないしょ》にいた。互いになにを話すわけでもなく、時々風に乗って聞こえてくる祭りのざわめきに耳を傾けていた。

「ちょいとお邪魔してよろしいですかい」

廊下で声がして細く障子が開いた。太一郎だった。

「おや太一郎さん、どうぞどうぞ」

藤兵衛は太一郎を部屋に招き入れた。

「そうだ、一杯やりませんか」

藤兵衛は指で呑む仕種《しぐさ》をした。

「うちは女ばかりでしょ。つき合ってくださいな」

しかし太一郎は、須万が腰をあげかけるのへ、「いえ、酒はもう」と断った。

「それより折り入って話がありやす」

太一郎は三人の前に畏《かしこ》まって座った。

「今、なんと」

太一郎が話し終えると、束《つか》の間《ま》黙っていた藤兵衛が訊き返した。

「へい、ですから里久を品川へ連れて帰りたいと思っておりやす」

「いや、そのあとです」

「里久が承知するなら、俺の嫁にもらい受けたいと考えてもおりやす」

祭り見物している間中、ずっと考えていたことだと太一郎はくり返した。

姉さんを品川に——内所に太一郎がやってきたときから、そんな話が出るんじゃないかと、桃はどこかで予感していた。いや、里久が太一郎に縋《すが》りつき、泣きじゃくったときからあったのかもしれない。それは桃だけじゃない。きっと両親もだ。しかし、あくまでも品川で養生をし、また元気になったらここへ戻ってくるという話だ。嫁にという話が出てくるなど、誰も思いもしなかった。その証拠に、須万が真っ青になって太一郎に激しく異を唱えている。

「なにをおっしゃるんです。あの娘は、この『丸藤』の跡取り娘。婿を取って店を継ぐ者です」

「承知しておりやす。ですが、それが里久の幸せですかい。そもそもこの江戸で、いや、ここで暮らして、里久は幸せなんですかい。今の里久を見たら、俺はそうは思えねえ」

太一郎に面と向かって言われ、藤兵衛も須万も目を伏せた。

「それで里久はなんと」

藤兵衛が訊いた。

「まだ話しておりやせん。もう少し体が元に戻ったら話そうかと」

「そうですか」

「お父っつぁま」

やり取りを聞いていた桃は、たまりかねて間に割って入った。

「そうですかって、じゃあ姉さんがうんって言ったらどうするの。姉さんは品川へ戻ってしまうの。太一郎さんのお嫁さんになって、もう二度とここへは……。お父っつぁまはそれで平気なの」

「桃……」

「おっ母さま、おっ母さまは平気なの？　ねえ、なんとか言ってよ」

しかし藤兵衛も須万もなにも言わない。ただつらそうにうつむくだけだ。

「どうして……」

桃は、キッと太一郎を睨んだ。

「太一郎さん、勝手なことばかり言わないで。姉さんは幸せよ。店に出て、楽しそうに商いに励んでるわ。姉さんは品川になんか行きません。どこにも行かないんだからっ！」

太一郎は桃をじっと見つめていたが、藤兵衛に一礼して内所から出ていった。

桃は障子が閉まると父の膝を揺さぶった。

「お父っつぁま、どうしてなにも言わなかったのよ」

「桃、落ち着きなさい」

「これが落ち着いていられるもんですか」

「なあ桃、お前は里久がただ商いが楽しいからって、店に出ているとでも思っているのかい？」

「……どういうこと」

「これをごらん」

藤兵衛は懐から小さな帳面を取り出し、桃に渡した。

「これは……」

それは桃にも見覚えがあった。里久が品物のことを書きとめている帳面だった。

「見てごらん」

藤兵衛に言われ、桃は帳面を開いた。

そこには紅のこと、手拭いのこと、肩掛けや白粉のこと、さまざまな品物のことが事細かく記されていた。しかし帳面を捲《めく》っていくと、品物とは別に、里久が書き記しているものがあった。


朝な夕なに唱えること。

ようおいでくださいました。

またのお越しをお待ち申しております。

そうでございます。

よろしゅうございます。

ようお似合いでございます。

存じ上げず、申し訳ございません。

おそれいります。


桃の耳に元気な里久の声が蘇ってきた。


「そうだな」「よかったなあ」「よく似合ってるよ」「知らなかった、ごめんよぅ」

「ありがとな、ありがとう、桃」…………。


「あの娘《こ》はこの土地やこの家や、わたしたち、みんなに馴染もうとして店に出ているんだよ。一生懸命頑張って、無理をして……。はっきり言ってしまえば、わたしたちが里久を追い詰めた。それは桃、お前だってうすうす気づいているんじゃないのかい」

震える桃の手から帳面を取り、藤兵衛は言った。

そんなこと桃だって気づいていた。里久にはビードロ玉の中の金魚は似合わない。似合うのは、川や海を泳ぐ魚だ。空を好きなように飛ぶ鳥だ。けどっ……。

「ここから姉さんがいなくなるなんて」

「ねえ、桃。それが里久の幸せなら……わかるだろ」

「おっ母さままで」

桃は部屋から飛び出した。と、暗い廊下に民がうずくまっていた。前垂れで顔を覆っている。台所仕事が終わり、休ませてもらうと挨拶に来て、話を聞いてしまったのだろう。桃はなにも言ってやれない。里久が眠る暗い廊下の先をただ見つめることしかできなかった。


「ここに来るのは久しぶりだよ」

中之橋に立った里久が、吹く風を胸いっぱいに吸い込んで言った。朝も早く、堀には艀《はしけ》舟《ぶね》も人足の姿もまだない。

「寒くないか」

太一郎は、寝巻きに半纏を羽織っただけの里久を労《いたわ》った。

里久は大丈夫と笑顔を返してきた。

太一郎がほんの思いつきで浅利《あさり》の味噌汁を拵《こしら》えてやると、「ああ、おっ母さんの味だ」と里久は喜び、それをきっかけに食欲も本格的に戻りはじめ、四、五日もすると里久の体も徐々によくなっていった。外の風にあたりたいと里久が言い、今朝は散歩もかねてふたりで橋の上に立ち、堀を眺めた。

「兄さん見て、あそこ」

「ん？」

里久と並んで欄干にもたれていた太一郎は、手をかざした。

「ほらあそこ、一羽だけ」

里久が指さす先に、海鳥が一羽、堀の隅に浮かんでいた。都鳥《みやこどり》だった。

「へー、もう面《つら》も真っ黒なのにまだいやがるな」

渡り鳥で、冬羽から夏羽になり、白い顔にある頰の黒い斑点《はんてん》が広がって、顔がすべて黒くなれば渡りの時期だ。だがその時期はとっくに過ぎていた。

「群れで渡っていくもんなんだがな」

「ならあの鳥《こ》はおいていかれたの？」

「のんびりなやつなんだろうよ。じきにあいつも飛んでいくさ」

太一郎がそう言ってやると、里久は安心したようにうなずいた。ひとつに束ねた髪が川風になびいている。

「里久。俺もさ、そろそろ品川へ帰ろうと思うんだ。漁もあるしな。親父に頼んできたし、事情も手紙で知らせているが、もう親父も年だ。いつまでも日本橋《ここ》にいるってわけにはいかない」

太一郎は里久を見た。里久も太一郎を見ていた。大きく見開いた目に戸惑いと悲しみを漂わせている。太一郎は言うなら今だと思った。

「なあ里久、一緒に帰らねえか。一緒に帰って俺の嫁さんになれよ」

「兄さん……」

里久の目がさらに大きくなり、顔じゅうが驚きでいっぱいになった。

「実は『丸藤』の家の人たちにはすでに話したんだよ」

「……お父っつぁまたちはなんて」

「里久が帰りたいと言えば反対はしないだろうよ。それでな、俺は今日から旅籠《はたご》に移ることにした。帰る日が決まったらまた知らせるから、それまでお前ぇもよく考えておいてくれ」

「兄さん……」

「里久、俺は本気だぜ」

太一郎は、「ほらもう戻んな」と里久の背中を押した。そして太一郎はそのまま中之橋を伊勢町とは反対の岸へと渡った。

渡りきった橋のたもとで振り返れば、里久はまだ橋の上にいて、じっと太一郎を見つめていた。

とん、と障子を閉め、里久の部屋から出てきた民が、溜め息を吐《つ》いた。

「どう」と訊いた桃に首をふる。

朝、堀からひとり戻ってきた里久は、熱を出してまた寝込んでしまった。さっき医者が帰ったばかりだ。

「今、太一郎さんが拵えなすった味噌汁を泣きながら召し上がっていらっしゃいます」

太一郎は今朝はやく、里久のために鍋いっぱいの浅利の味噌汁を拵えて、旅籠に移っていった。太一郎が出ていくことを、藤兵衛は昨夜のうちに聞いていたようだ。

「やっぱり姉さん、太一郎さんがいなくなったのが寂しくて熱を出したのかしら」

「それもありますけど」

民は、ちらっと障子に目をやり、桃を部屋の前から廊下の角へといざなった。

「太一郎さん、里久お嬢さんにおっしゃったんじゃございませんか。品川へ帰るから、お前も一緒に帰ろう、俺の嫁になってくれって。きっと間違いありません。あれは半分知恵熱でございますよ」

きっと混乱していなさるんでしょう、と民はつづけた。

ぱさっ、と後ろで音がした。桃が振り返ると、長吉がぽかんと口を開けて立っていた。その足許には山百合《やまゆり》の花が散らばっている。

長吉があんまり落ち込むもんだから、この話は瞬《また》く間に奉公人たちに広まった。奥向きの民もいれて五人しかいない奉公人の間で、そもそも隠し事など無理な話だった。昼すぎには、中庭で彦作と一緒に金魚の水替えをしている桃の許に、耕之助まで話を聞いたといってやってきた。

店横の細い路地の奥にある、裏木戸から入ってきた耕之助は、水鉢を覗き込みながら彦作とうなずき合っている桃に、「おい、本当なのか」と怖い顔をして近づいてきた。

「里久が品川へ帰るって、兄さんって男の許に嫁ぐっていうのは本当のことなのか」

「耕之助さん、声が大きい」

桃は閉まっている里久の部屋の障子を見た。

薬が効いて里久はやっと眠ったところだった。

「親父さまはなんて。ご新造《しんぞう》さんは」

「なにも」

桃は首をふった。

「なにもって──里久がいなくなっても平気なのか。桃ちゃんはどうなんだい」

「どうって……」

「俺は嫌だね。あいつがまた昔のように突然いなくなっちまうのかと思うと、たまらねえ。それに兄さんと夫婦《めおと》になるっていうのも変だろ、おかしいだろ」

耕之助は唾を飛ばしながら言う。

「別に変でもおかしくもないわよ。兄さんていっても従兄弟《いとこ》ですもの。それに品川で暮らすほうが姉さんにとって幸せかもしれないし」

「けどよっ」

耕之助は苛立《いらだ》ち、桃を押し退けて里久の部屋へ向かおうとした。それを桃は押しとどめる。

「なあ里久に会わせてくれよ。話をさせてくれ」

「会ってなにを話すっていうの。寂しいから行かないでくれって?」

でも桃は、「嫁ぐなら俺のところに来いって?」とは言えなかった。耕之助は己の里久への想いにまだ気づいていない。桃が言ったことで耕之助が自分の気持ちに気づいてしまうのが、桃は怖かった。

「帰って」

と桃は耕之助に言った。会わせたくないから意地悪で言っているのではない。

「どうするかは姉さんが決めることだわ」

事実そうなのだ。

「桃ちゃんは冷てえな」

桃の胸に鋭い痛みが走った。まるで抉《えぐ》られでもしたかのように痛い。

「坊っちゃん、それはあんまりな言い草じゃよ」

水鉢の傍らにしゃがんでいた彦作が立ち上がった。

「誰だって言いたいさね。ここにいておくれと。坊っちゃんと同《おんな》じじゃ。けどそれをみんなぐっと我慢しとる。長吉どんですら我慢しとる。それはな、みんな里久お嬢さんの幸せをいちばんに思うとるからじゃ。どこで誰と生きるのがいちばんの幸せか、それを思うとる。迷わせてはならんと思うとる」

黙って庭から出ていく耕之助の背を桃は見送った。

耕之助の動揺も苛立ちも、そのまま里久への想いをあらわしている。それが桃にはよくわかった。そして桃の想いが耕之助に届かないことも、桃にはわかった。桃の胸の痛みは治まらない。ますます強まるばかりだ。しかしそれと同じぐらい、里久がいなくなることに胸は痛み、疼《うず》く。品川から戻ってきた里久と、はじめて会ったときには想像もしていなかったことだ。姉に向かって勘弁して、正直そう思ったことさえあった。なのに今、里久がいなくなることに自分はこんなにも戦《おのの》き、悲しんでいる。

「彦爺、わたし姉さんとの、あのどたばたした暮らしが好きだった。いつのまにか、姉さんをこんなにも好いていた」

唇が震え、桃はその場に泣き崩れた。

「そうさのう」

彦作はただ一言そう言って、桃のそばにいつまでもいてくれた。

里久は夢を見ていた。

太一郎の広い胸が、潮の香が、遠ざかってゆく。

待って、待っておくれよ兄さん。そんなの嫌だよ。どうしよう、どうしたらいい。兄さんが帰ってしまう。悲しくて、寂しくて、心細くて、里久はどうしていいかわからない。

——なあ里久、一緒に帰らねえか。一緒に帰って俺の嫁さんになれよ。

——俺は本気だぜ。

そうだ、兄さんはそう言った。あのときの真剣な顔。聞き違いじゃない。

そうだよ、兄さんと一緒に帰ろう。

品川に帰れば、浜に帰れば、あの懐かしい海が待っている。懐かしい家が。叔父と兄さんと——。またあの中で暮らせる。

里久の体はすうっと軽くなる。息が楽に身の内に入ってくる。

帰りたい、と里久は心から思った。

決めた。わたしは兄さんと帰る。帰って兄さんのお嫁さんになる。

——おや、いいねえ。

懐かしい浜に立ち、おっ母さんが風に吹かれて笑っていた。

——けどお前、太一郎を好いているのかえ。

（ああ、好きだよ。さっぱりしてて、やさしくて、いい兄さんだ）

——馬鹿だねこの子は。男としてだよ。あたしゃ太一郎を心底好いてくれる女子《おなご》に太一郎の嫁になってもらいたいよ。

（わかった。わたし、太一郎兄さんを男として好きになる。夫婦になってここで暮らす。ずっとおっ母さんと一緒にいる）

——里久……。人を好きになるっていうのは、そんなものじゃないんだよ。それに、おっ母さんは、おっ母さんはもう——。

おっ母さんの姿が薄らいでゆく。

「おっ母さん、どこいくんだよ、おっ母さん！」

里久は自分の声で、はっと目が覚めた。

部屋は薄暗く、微かに煮炊きの匂いがする。遠くで寺の鐘が鳴っていた。

あれから二日たち、三日たち、それでも里久は決められずにいた。

庭で蟬《せみ》が鳴いている。木漏れ日が地面につくる光の模様を、里久は部屋の障子の敷居際に座ってぼんやりと眺めていた。と、民がやってきてお客がきたことを告げた。庭下駄をつっかけ、中庭を横切っていく。木戸を開けにいったようで、戻ってきたときには清七を連れていた。

里久の前に立った清七は、小さく辞儀をした。

「お久しぶりでございやす。遅くなっちまいましたが、約束の品をお届けにめえりやした」

「約束？」

「へい。お忘れでも無理のねえことで。ずいぶん前のことなんで」

堪忍しておくんなさいと清七は謝った。

「店に伺いやしたら具合を悪くなさっていると、手代さんからお聞きしやして、預けてお暇《いとま》しようとしていやしたら、丸藤の旦那が直接渡してやってくれとおっしゃったもんで」

ここまで押しかけたと、清七はまた申し訳なさそうに頭を下げた。

「そんなところに立ってないで、ささ、こちらへ」

茶を運んできた民が、上がれとすすめた。が、清七は「あっしはここで」と言って、失礼しやすと遠慮がちに廊下縁に腰をおろした。

民が茶を置き台所へ去って、ふたりきりになると「具合はいかがで」と清七が言った。

「どこが悪いってわけじゃあないんだよ。ただ、なんだか体に力が入らなくってね」

「そうですかい。そいじゃあこれで少しでも元気になってくれりゃあいいんですが」

清七は懐から手拭いに包んだものを取り出した。

「それが約束していたものかい」

「へい」

清七は、うなずいて手拭いを広げた。

「うわぁ」

簪《かんざし》だった。

「思い出してくれやしたかい。お嬢さんが潮騒の聞こえるような簪をと言われたもんですから、こうやってつくってめえりやした。けどやっぱり難しくて、何度もつくり直したもんですから、すっかり遅くなっちまって」

清七は頭を掻いた。

「さわってもいいかい」

「もちろんですとも」

里久はそっと手に取った。

それは銀の簪だった。同じ銀で貝の意匠《いしょう》をこらしてある。さざえに蛤《はまぐり》、金の意匠は鮑《あわび》だ。その周りに小さなビードロの玉。淡い青、深い緑の玉がちりばめられている。そこはまるで海の底のようだ。

里久は簪を耳にあてた。小さな玉は海の波粒か、それとも貝たちの吐息だろうか。静かに、大きく波がくる。白い泡を巻き込み、海の底へと戻ってゆく。藻が揺らめき、小魚が戯《たわむ》れ、そしてまた遠い彼方《かなた》から波がくる。

「どうです、潮騒は聞こえやすかい」

心配げに清七が訊く。

里久はうなずいた。

里久の耳に、確かに潮騒が聞こえる。

「懐かしい海の音だ」

清七はほっとしたようにほほ笑んだ。が、

「帰っちまうんですかい」

清七は唐突に言った。

「旦那からお嬢さんが品川に帰るかもしれないと聞きやした」

「わからないんだ」

里久は答えた。

「お迷いなんで」

「……それもわからない。品川に帰りたい思いはこんなに強いのに、どうして迷っているのか、迷っているならなんに迷っているのか、わからないんだ。でも……」

清七は静かに聞いている。その穏やかな眼差しを見つめていたら、今まで誰にも言えなくて我慢していた気持ちが、里久の口から溢れ出た。

「でも、浜が恋しくて恋しくてたまらない」

言ってしまうと喉がひりつき、目が熱くなった。里久は必死に我慢した。が、一粒、涙がぽろりとこぼれ落ちると、あとはもうどうしようもなかった。いつの間にか蟬の鳴き声はやみ、里久の嗚咽《おえつ》だけが中庭を包んでいた。

「この簪じゃだめですかい？」

しばらく黙って里久の涙につき合っていた清七が、自分の節くれだった指に目を落としながら言った。

「浜への恋しさをこの簪で辛抱してくれと言うのは、酷《こく》ってもんですかい」

清七は顔を上げ、里久を見つめた。

清七が帰ったあとも、里久は簪を耳にあて潮騒を聞いていた。

簪をすっと陽にかざすと、ビードロの玉は光を放ち、里久の視界を青や緑に染めた。

「……海だ。海がここにある」

里久はもっと陽にあてようと、庭下駄をつっかけた。庭を歩き、簪を空に高くかかげれば、降りそそぐ光にビードロの玉はますます輝き、里久を海へといざなう。

コンッと下駄があたった。金魚の水鉢だった。

里久はすっかり忘れていた。長い間放っておいて、きっと可哀想なことになっている。

里久は恐る恐る覗いてみた。

何匹も泳いでいる。

「あっ」

思いもよらず、鉢の中の水はきれいだった。それどころか、一匹しかいなかった金魚が、何匹も泳いでいる。

「二匹、三匹……」

金魚はぜんぶで四匹もいた。水草の間を涼しげにすいっと泳ぎ、互いにつんつん突きあっている。

「よかったなぁ。もうひとりじゃないよ。みんないる。寂しくないよ」

どれが最初の一匹かわからない金魚に、里久は話しかけた。

「まあまあ、お暑うございますのに」

茶を下げに来た民が、庭にいる里久に驚き、廊下から下りてきた。

「お民、金魚が」

「ええ、桃お嬢さんと彦作さんが世話をしていなさったんですよ。桃お嬢さんなんか、慣れないのにそりゃあ一生懸命になすって」

「桃が……」

里久は金魚に目を戻した。

――里久、寂しくないよ。おっ母さんがいなくなっても、里久には「丸藤」のお父っつぁん、おっ母さんがいる。妹がいる。だから大丈夫。泣かないでおくれ。里久はいい子、とってもいい子。ほら、いつものように笑ってごらん。そうそう、そうやって笑っていたら、みんなが好きになってくれるよ。里久、お前もね、みんなを大好きになるよ。大丈夫、おっ母さんがいなくなっても大丈夫だよ。

里久は、今わの際《きわ》のおっ母さんをはっきりと思い出した。おっ母さんはそう言って、里久の頭をやさしく撫でてくれた。

「そっか、おっ母さんはもういないんだった」

里久は加納屋の主人を思い出した。

大事な人はもういないのに、形見の着物を纏《まと》って——ああして悲しみと向き合っている。わたしは、おっ母さんが死んでしまって悲しいんだ。恋しいんだ、おっ母さんが。おっ母さんがいた浜が。

水鉢に涙の波紋が広がっていく。

「里久」

と呼ばれた。涙をぬぐって振り返れば、廊下に藤兵衛が立っていた。

「太一郎さんから使いがきた。明日、品川に帰んなさるそうだよ」

里久は民に頼み、翌朝早くに女髪結いの滝に来てもらった。

滝は里久の髪を島田に結うと、鏡の中の里久を惚《ほ》れ惚《ぼ》れと眺めた。

「なんだかぐっと大人っぽくおなりでござんすねえ」

滝が帰ると里久は着替えにかかった。

「いいかえ」

部屋に須万が入ってきた。

「これを着ておいき」

須万は手に抱えていた着物を広げた。藍染めの絽《ろ》の着物だった。

「やっぱり思ったとおり、お前によく似合うよ」

真新しい着物に袖を通した里久を眺め、須万は目を細める。

「義妹《いもうと》に礼を言わなきゃいけないね。こんないい娘に育ててくれて」

「おっ母さま、わたし」

「ほれ、急いだ急いだ。太一郎さんが待っていなさるよ」

太一郎とは昼前に、魚河岸《うおがし》で落ち合うことになっていた。

里久は鏡台に座り、島田に結った髪にすっと簪を挿した。

里久は往来に立った。「丸藤」の店の前に、藤兵衛と須万、桃が出てきた。

「姉さんっ」

桃が里久に手を伸ばそうとした。それを須万がやんわり握ってとめた。

「じゃあ」

里久はみんなに背を向け歩きだした。

中之橋のたもとに耕之助がいた。耕之助はなにも言わず、里久を見送る。

魚河岸は、競りが終わってのんびりしていた。小僧が盤台《ばんだい》を洗い、そこここで魚店の主人や仲買人が、煙草を燻《くゆ》らせながら世間話に興じている。

「里久、ここだ」

太一郎だった。太一郎は通りの先から手をふり、里久に駆け寄ってきた。

「元気そうじゃねえか。そうやっていると、どこから見ても大店のお嬢さんだな」

太一郎は鼻に皺を寄せて笑い、絽《ろ》の着物に身を包んだ里久を眩《まぶ》しそうに眺めた。

太一郎は里久を魚店《うおだな》の細い路地へと案内する。

あとについて路地を抜ければ、そこは日本橋川の河岸だった。

太一郎は店裏の日陰に置かれた床机《しょうぎ》に、里久を座らせた。川に船が一艘《そう》とまっていた。波をうけ、桟橋にこすれ、きしんでいる。艫《とも》に座っている船頭が、揺れに身をまかせながら、誰かを待っているようだった。

「あの船で帰るのさ。お前はどうする。このまま船に乗れば一緒に品川に帰れるぞ。荷物ならあとで誰かに取りにやらせればいい」

太一郎は言って、里久を見つめた。

船は太一郎を待っていた。太一郎は里久の返事を待っている。

里久は船を見ないように橋に目を向けた。

ここから日本橋がよく見えた。夏の昼の陽をあび、擬宝珠《ぎぼし》が黒く光っている。棒手振りが通る。武家も商人も。編笠《あみがさ》を被《かぶ》って立ちどまっているのは旅人だろうか。今日も大勢の人たちが橋を渡っていく。

「兄さん、正直言うとね、ここに戻ってきたのを後悔したこともあったんだよ」

お茶もお花も、いろんなことがなんにもできなくて、なんにも知らなくて、そんな自分が惨めで。どうにか馴染もうと、物言いもお店のことも頑張った里久だった。少しずつ覚えていき、商いの面白さも、化粧の不思議さも、わくわくした気持ちも味わった。うれしくって。けどその反面、浜にいたころの自分が消えてゆくようで嫌だった。あのころ暮らしたなにもかもが遠くになってゆくようで怖かった。

「こっちに馴染もうとすればするほど、浜が恋しくて、おっ母さんに会いたくて仕方がなかった。振袖を脱ぎ捨てて、走って品川へ帰りたかった。けど帰っても、おっ母さんはもういない。おっ母さんと暮らした浜はもうないんだ」

「俺がいるじゃねえか」

太一郎が言った。里久はうなずいた。

「わたしもそう思った。浜には太一郎兄さんがいる。それでいいじゃないかって。けどそれは兄さんの浜で、兄さんの海だ」

「里久、なにを言ってるのかわかんねえよ。俺の浜や海だっていいじゃねえか」

里久は首を横へふった。

「兄さんを逃げ道にしたくはないんだよ」

「里久……」

「見ておくれよ、これを」

里久は髪に挿した簪を抜き取った。

「ほら、きれいだろ。飾り職人がわたしのためにつくってくれたんだよ。耳にあててみて、潮騒が聞こえるから」

里久は太一郎の耳に簪をあてた。

「浜や海が恋しくなったらこの簪を耳にあてるよ。ここにわたしの海がある。浜がある」

わたしの胸の中には、いつもおっ母さんがいてくれる。そうだろ、おっ母さん。

「だからわたしはここにいる」

じっと里久を見つめていた太一郎が、小さく息を吐いた。

「そっか、お前ぇはそう決めたのかい」

「決して兄さんが嫌いなわけじゃないんだ。でも」

「わかっているさ」

太一郎は鼻を鳴らした。

「わかっちゃいるけど……お前ぇをここにおいて戻らなきゃあならねえなんて、切なくて切なくてたまらねえよ」

太一郎は里久の頬を撫でた。

「けどお前ぇは都鳥じゃねえもんな。こっちに残ると自分で決めたんだもんな」

「ごめんよ」

「なんも謝るこたぁねえさ。けどよ里久、帰りたくなったらいつでも品川へ帰ってこい。浜の家はお前ぇのもうひとつの家なんだからよ。遠慮するこたぁねえんだぜ」

「うん……わかった」

里久はうなずいた。涙が勝手に溢れ出る。

「ほら泣くねえ。当分会えねえんだ。笑った顔をこの兄さんに見せてくれよ」

「兄さんっ」

里久は太一郎に縋《すが》りついた。

太一郎の肩越しに桟橋の船が見える。あの船で兄さんは帰ってしまう。やっぱりおれも帰る。兄さんと一緒に帰る。そう叫んでしまいそうで、里久は簪をぎゅっと握りしめた。

太一郎の乗った船が、だんだん遠退《とおの》いてゆく。とうとう見えなくなると、里久は魚店をあとにした。伊勢町河岸通りを歩き、角を本両替町通りに曲がった。と、「丸藤」の店の前に長吉が突っ立っていて、里久を見つけると息せき切ってやって来た。

「長吉、ずいぶん休んで悪かったね。また一緒に猪口《ちょく》に紅を塗ろうな」

長吉は唇をぎゅっと嚙み、すぐ踵《きびす》を返して店へと駆け出した。

「里久お嬢さんがお戻りでございます」

長吉の大きな声がここまで聞こえてくる。

里久は空を見上げた。

頭上に青い空が広がっていた。品川の空じゃないけれど、ここは浜じゃないけれど、真上には里久のいちばん好きな、どこまでも青い夏の空が広がっていた。

おっ母さん、わたしはここで生きていくよ――。

暖簾《のれん》を翻して、どかどかと人が出てきた。

藤兵衛、須万、桃、長吉、民、彦作、番頭に、奉公人たち。耕之助までいる。

「ただいま、みんな!」

里久は手をふり、大きな声で言った。そしてみんなに向かって、にっと笑った。

参考文献

■佐山半七丸著、速水春暁斎図画、高橋雅夫校注『都風俗化粧伝』（平凡社）
■陶智子著『江戸美人の化粧術』（講談社選書メチエ）
■『ポーラ文化研究所コレクション2　日本の化粧』（ポーラ文化研究所）

本書は、ハルキ文庫のために書き下ろされた作品です。

時代小説文庫
み 12-1

跡《あと》とり娘《むすめ》 小間《こま》もの丸藤看板姉妹《まるふじかんばんしまい》

著者　宮《みや》本《もと》紀《のり》子《こ》

2019年3月18日第一刷発行
2019年4月8日第三刷発行

発行者　角川春樹

発行所　株式会社 角川春樹事務所
〒102-0074 東京都千代田区九段南2-1-30 イタリア文化会館

電話　03(3263)5247［編集］　03(3263)5881［営業］

印刷・製本　中央精版印刷株式会社

フォーマット・デザイン＆シンボルマーク　芦澤泰偉

ISBN978-4-7584-4241-1 C0193

http://www.kadokawaharuki.co.jp/［営業］
fanmail@kadokawaharuki.co.jp［編集］　ご意見・ご感想をお寄せください。